まえばる蒔乃
illust. くろでこ
逆追放された継母のその後
～白雪姫に追い出されましたが、おっきな精霊と王子様、おいしい暮らしは賑やかです！～
in森

ロゼマリア・アンジュー
アンジュー公爵家の長女。
継子スノウに森に追放される。
元気で前向き、悩むより
行動で解決するタイプの天才魔術師。
実は家事と料理が苦手。
リオヴァルド・ティラス
ティラス王国の第二王子兼騎士団長。
離れて暮らす末弟ルイセが
不義の子として虐待されていると知り、
守るために騎士団を休職して精霊の森で生活。
ルイセージュ・ティラス
ティラス王国の第四王子。
幼い頃から不義の子と罵られ
別邸で養育されてきた。
年齢より大人びたところがあり、
弱みを見せるのが苦手。
兄のリオとロゼマリアを慕う。

CHARACTERS
ビッグチャウチャウ
大きさ可変の風属性のわんこ。
ルイセが使役するようになる。
ラブボ
古代精霊魔術時代に作られた手鏡。
精霊の森で魔力を充填した結果
人間の姿を取れるように。
明るい性格で、ロゼマリアを慕っている。
スノウ・サイレンシア
王家の一人娘として誕生。
幼い頃からずっと
白雪姫の悪夢にうなされ、
継母としてやってきた
ロゼマリアを追放する。

# 逆追放された継母のその後

～白雪姫に追い出されましたが、おっきな精霊と王子様、おいしい暮らしは賑やかです！～

in森

まえばる蒔乃

illust.
くろでこ

Gyaku tsuihou sareta mamahaha no sonogo

# CONTENTS

Gyaku tsuihou
sareta mamahaha
no sonogo

# プロローグ

Prologue

冬の日、城の裏門。

どん、と突き飛ばされ、私ロゼマリアは地面にへたりこむ。

「ブスのババアなんてお呼びじゃないわ、継母《ままはは》なんて出て行って！」

ショートボブの黒髪を揺らし、真っ赤な目で睨み下ろすのは十三歳の第一王女スノウ殿下。わめき散らすと、彼女は踵《きびす》を返して城の中に消えていく。

兵士たちは無言でポイポイと私の手荷物を放り投げる。

最後に着慣れた魔術師のローブが投げ捨てられ、ばたんと門が閉じられる。

城から名実共に追放された。

「ええと……私はどうすれば……」

周りの皆さんは蜘蛛の子を散らすように目を逸らして散っていく。

私は茫然《ぼうぜん》と城を仰ぐ。帰る場所のない無一文。

国王の継妃《けいひ》候補から、まさかの裸一貫追放一般女性になるなんて。

——話は少し遡る。

私はロゼマリア。アンジュー公爵家の娘だ。

私は幼い頃から悪夢に苛《さいな》まれていた。子どもを虐める最低の継母になる夢だ。

「わたし、ままははになったら子どもを虐めちゃうんだ……」

絶望した私は五歳の誕生日、絶対独身研究者人生を宣言した。

「わたし、けっこんしない！　おしごとする！　子どもにやさしいおとなになる！」

「イヤー!!　五歳にして絶望的な事を言わないでちょうだい、ロゼマリア！」

初志貫徹、私は親の反対を押し切り魔術学園に入り首席卒業。

十四歳にして飛び級で宮廷魔術師になった。

反対していた両親も私が二十歳の時、十八歳の弟が結婚し、立て続けに二人甥姪が生まれたあたりで諦めてくれたので、私は無事に相続権を放棄し自由になった。

「よしっ！　これなら子どもを虐める悪い大人にならずにすむでしょう！」

今後は魔術師として世のため人のために生きていこう！

——私は決意したが、そうは問屋が卸さなかった。

二十三歳のある日、突然、国王陛下の命令が下ったのだ。

一人娘スノウ王女の継母になってほしい、と。

絶望する私が実家に帰ると、両親は万歳三唱スタンディングオベーションしていた。

「公爵家の誇りだ！　ロゼマリア！　妃になるからには二度と帰ってくるなよ！」

「天性の美貌と勉強しか能がないあほかと思っていたのですが、ようやく公爵令嬢としての務めを果たすのですね！　母は嬉しく思います！　孫を作るまで帰ってはなりませんよ！」

トントン拍子で縁談がまとまり、楽しかった宮廷魔術師も寿退職する羽目になった。

「うう、継母になってしまったわ……でも虐めない！　義娘《むすめ》はきっと可愛いわ！」

前向きに良い継母になるっきゃない！　そう思って城に行った私だが。

継母になってあっという間に、スノウ殿下に秒で叩き出されてしまった。


『つまり、この世界で特定の人間に「共通する悪夢」があって、私も王女殿下も同じ夢を見ていたのね。だからわざわざ「予言書」なるものに書き留めて、私を怖がっていたのね』

追放後、私は徒歩で城を囲む林の小道を歩いていた。

ハイヒールでも、宮廷魔術師なら肉体強化で山道くらいは歩けるのだ。

「まあいいわ、追放されたんだから意地悪な継母にならずにすんだのよ！　それは朗報だわ！」

拳をぎゅっと握った後、私は「でも」と続ける。

「それにしても、共通の悪夢なんて興味深いわ……もしかして、失われた『精霊魔術』に関する事なのかも……現代魔術では夢に対する干渉なんて無理だし」

私の卒論は古代の精霊魔術研究。

現代では精霊魔術は迷信や胡散臭い民間信仰扱いなので、研究としては「古代の精霊魔術を現代魔術で再現可能か」といった切り口だ。

もし幼い頃から見ている悪夢が「精霊魔術」なら、もっとよく調べたい。

「調べたいとはいってもね、もうさすがに魔術師協会には戻れないし」

私は肩を落とす。籍はもう残っていないだろう。

実家には当然帰れない。あれだけ盛大に追い出され——もとい、送り出されたのだから。

「あれ……私行く場所が、ない……」

パンっと頬を叩く。

「ええい、考えても仕方ないわ！　せっかくだから精霊の森に行くわよ！　予言書によると、そこにはこびとのおうちがあるらしいし！　あったらお願いしてしばらくご厄介になってみましょう！」

私は意気揚々と歩を進める。

精霊の森は危険なので誰も入らない。今の私は帰る家のない無職。無敵だ。

所持品はちょっとした手荷物と、宮廷魔術師時代から愛用のビロードのローブ、儀礼用と活動用の二着。

そして卒業記念品の派手なピンクのヒョウ柄の手鏡、あとは着衣のドレスだけ。

なにもない。

そう、嫌な継母になる憂いさえもなくなったのだ。

「裸一貫！　やるわよー！」

拳を突き上げ、私はハイヒールで辻馬車に向かって駆け出した。

# 第一章

Chapter 1

精霊の森。

それはサイレンシア王国と隣国ティラス王国の国境に広がる境界地域だ。古代に失われた精霊魔術の強い影響が残っている禁足地だ。

入れるのは王族の許可を得た者と——ごく一部の、超強力魔術師だけだ。

「そう！　超強力な、私のような魔術師だけ！」

私は首席卒業した宮廷魔術師。論文も受賞複数。そのごく一部こそ、私なのだ！

まずは城下町の魔術師御用達《ごようたし》ショップで最低限の装備と野営セットを揃え、活動用ブラウスとパンツ姿に着替えた。そしてヒッチハイクした辻馬車に「護衛になるから！」「魔術使うから！」と交渉して森付近までたどり着くと、私は勢いよく森に乗り込んだ。

「精霊の森に入るのは初めてだけど、研究で野営は慣れているからね、よし、レッツゴーよ！」

楽観的に勢いで足を踏み入れた私だが——そう、世間は甘くなかった。

ズボッとブーツが土に埋まる。

「わっ！　う、埋まってしまったわ！　よーし」

ムンッと力を入れて足を引き抜くと、

「ぎゃーっ!!」

力を入れた反動で思いっきりビヨヨヨと宙を舞う！

「ま、魔力が……安定してなさすぎる！　でも私は魔術師！　魔術のプロよ!!」

プロ根性でビョンビョンと森を進んで行くと、続いて襲いかかるのは暴風だった。

「ぎゃーっ!!」

横殴りの風が、私を襲う！　襲う！　襲う！

「うっ……な、なんなのこれは……！」

空は青く晴れているはずなのに、なぜか私のいる場所だけ、風雨が凄まじい。

ローブに長い髪、私を構成する要素の全てが風をまともに受け止める！

「あぶッ、あっ、あがッ……これも精霊の仕業《しわざ》かしら……ってぎゃっ口に土が……あっ髪が土まみれにっあーっ！　く、挫《くじ》けないわよ！！！」

だってそう、私はプロだから！

心に誓って先に進んでいると暴風雨の向こう側、木々に先を阻まれた遠く向こうに、無風の地帯を見つけた。そこに――私は、目を疑う光景を見た。

「うそ」

子どもがいたのだ――五、六歳くらいの、小さな女の子だ。

森に不釣り合いな白っぽいドレスに長いふわふわの銀髪を背に流した美少女。

精霊だろうか？　彼女はこちらに顔を向けないまま、去って行く。

そのとき、彼女の耳元からなにかがキラリと落ちるのが見えた。イヤリングだ。

「お、おとしもの……だわっ！」

私は風に逆らい暴風地帯を抜け、彼女が立っていた場所まで向かう。

落ちていたイヤリングを拾うと、私の物音に気づいて彼女が私を振り返った。

――わあお！　すっごい美少女！

くせ毛を活かすように切られた前髪の下、ぱっちりとした猫のような水色の瞳があった。色白な肌が、宝石に負けない輝きの水色を際立たせている。私は笑顔でイヤリングを差し出そうとした。

「おぼっぼぼぼぼ《おとしものよ》！」

しかし、口の中に土やゴミや髪の毛が入ってうまくしゃべれない。

美少女は身をこわばらせて青ざめ、一目散に逃げ出した！

「……！！」

追い駆けると振り返って怖がる。逃げる、逃げる、逃げる！

私は聞こえやすいようになるべく大声を心がけて追い駆けた。

「あぼぶばぼぼぼあああああー！《ああっ、そんなに走ると危ないわ、これ、これを渡すだけだから－》」

「こ、こないで……っゆるし、て……！」

美少女は掠れ声で叫び、ついに木の根でぺしゃりと転がる。

「あぼぼぶばばば《あああっ、大丈夫、怪我はない？》」

美少女に追いつく。意外と凛々しい顔をした彼女は、へたりこんだまま私を見上げてぎゅっと唇を噛みしめる。ここで泣き出さない気丈さがますます可愛らしい。

私は手に握ったイヤリングを見せた。美少女が目を見張る。

「もしかして、これのためにぼくを……」

私は頷きながら、口の中のゴミを吐き出し、顔を覆っていた髪をかきあげた。

——そのとき。

びりびりと本能的な殺気を感じる。

私は反射的に美少女を背にかばい、後ろを振り返った。

「っ……！」

そこには剣を構えた、黒髪の男がいた。

二十代前半だろうか、長めの前髪から覗く青いぎらついた瞳と、濃紺の軍装を纏《まと》ったストイックな体躯は見るからに隙がない。

騎士だ。私と彼は、ほぼ同時に叫んだ。

「魔物か！！！！！！」

「こ、この子は私が守るわ！！！！」

かばいながら、魔術が不安定なこの場所でどう戦うか計算する。

なにも考えず捨て身の大爆破をするのが一番だろうか、それとも——

私の横から美少女が恐る恐る顔を出して言った。

「に、兄さま、違います……拾って、もらったんです……ぼくの、イヤリング……」

「え？」

騎士が間の抜けた声を上げると同時、バサッと風が吹き抜ける。

私の逆立っていた髪と服が、なんとか元に戻った。

「人間……ご婦人……なのか……？」

「あ、……魔物じゃない……？」

男と美少女は二人で私を凝視し、よく似た目を丸くして呆然とした。

兄妹なのだろうか。

そうか、人間にすら見えていなかったのか、私は。


前を歩きながら、騎士の男性が背中越しに言う。

「私はリオ。妹はルイセと呼んでくれ」

美少女――ルイセ様も兄の横からこちらを振り返り、こわごわと会釈する。

「私はロゼマリアよ、リオ様、ルイセ様」

「……ロゼマリア殿、か」

リオと名乗った彼はふと足を止め、じっと私を見る。

「……」

その眼差しに、私は首をかしげる。

「どこかでお会いしたことあるかしら？」

「……いや、先ほどは早合点して大変失礼した」

彼はふいっと前を向き、再び歩き始める。勘違いだったのだろう。

「いえいえ、私もまさかあんな姿になっていたとは思わず」

私は懐にしまっていたギラギラの鏡で顔をチェックする。

鏡は暴風雨のせいかひび割れていてがっかりしたけれど、それよりがっかりなのは泥人形のようになった自分の姿だった。泥で作った人形が動いているみたいだ。

「拠点にしているコテージに案内しよう」

「えっ……あの、兄さま」

隣でルイセ様が不安そうに兄の袖を引っ張る。兄のリオ様は首を横に振った。

「彼女なら問題はないさ。困っているときはお互い様、だろう？」

「ですが……」

しばらく歩くと視界が開ける。森の中にぽつりと土地を開けてもらっているように、二階建ての木造住居があった。階段で上った二階に入り口がある造りだ。王国古民家の造りながらも手入れが行き届いた様子で、窓辺に花も飾られていて綺麗だ。

「ここが、我々が拠点にしているコテージだ」

「精霊の森の中に物件を所有しているという事は王族の方？」

「拠点にしているコテージだ」

「……所有は？」

「一階に浴室があるから、そこで身を清めるといい」

「……一応聞くけど、もしかして不法滞ざ」

「こっちだ、ついてきてくれ」

聞いてはいけないのだろう。私はこれ以上の追求をやめ、おとなしく浴室に案内された。浴室は一階の角部屋に位置しているらしい。水場といえば離れにあるのが古民家の一般的な造りなので意外だ。昼間でも、一階に続く階段は先が暗い。

「明かりはどうしているの？」

「ランタンを使っている」

「……そう」

私は妙に気になった。不法滞在の事ではない。この家の造りにだ。

造りは古い割に、外観だけでなく内観も妙にこ綺麗すぎるのだ。徹底した手入れをしていたとしても、森の中の一軒家はこんなに新築のような美しさを維持できないものだ。

そもそも。一般的な住居の水場が離れにあるのは、湿気で木が傷むからだ。一階に置かれた浴室なんておかしい。上層階は腐食しないのか。

「……ん？」

壁を探ると、ちょうど私の肘の高さに、妙な突起物があった。

顔を近づけてよくよく確かめると、壁には謎の文様がびっしりと彫り込まれている。

体の奥の血潮がざわつく感覚がした。魔術師として、研究者としての本能が、叫んでいる。

「もしかしてこれ、精霊魔術の……」

私の言葉に、リオ様がかっと目を剝いた。

険しい顔で、私に問いただしてくる。

「あなたは精霊魔術をご存じなのか？」

彼の態度に困惑しつつ、私は頷いて答えた。

「ええ。一応それなりに専門で……精霊魔術が施されているのなら、精霊魔術師が光の精霊に『あかりをください』とお願いすれば点《とも》るのだけど」

「……それは……読んだ事がある」

意外な言葉だ。精霊魔術の本なんて、読んでいる人はそうそういないのだけど。

リオ様は真剣な眼差しで私を見た。

「ロゼマリア殿。呪文はいらないというのは本当か？」

「本当よ。呪文は現代魔術――今の魔術のやりかただから。でも精霊魔術は精霊に好かれないと使えないの。でも好かれている人なら、明かりをつけて、って言うだけでもつくのよ」

そこでリオ様がルイセ様を見やった。

「ルイセ。精霊に願ってみないか？」

「えっでも……」

「頼む。試すだけでいいから」

ルイセ様はしばらく視線をさまよわせていたけれど、リオ様の熱心な眼差しに折れるように、こわごわと突起物に触れて呟いた。

「明かりを……つけて……」

次の瞬間。ぽっと、廊下全体に明かりが点る。

「きゃー！！！」

叫んで腰を抜かす私を、リオ様が支えてくれる。ルイセ様は驚きであんぐりと口を開いていた。

「ロ、ロゼマリア殿……これは」

震える声で尋ねるリオ様に答える余裕はない。私は突起に顔を押しつけるようにして眺め、そして光源を確かめるべく床に這いつくばる。

「うそ……ほんとに……あああ、床板ぎりぎりに等間隔に石英が置かれているわ、この石英の形は？　あいだに刻まれた文字はなにで書かれているの？　そもそもなにが書かれているの？　ああ、精霊魔術の辞書がないわ、どうしましょう丸暗記していればよかった！！！」

「ロゼマリア殿……これはやはり、精霊魔術……だろうか」

「ええ、これは完璧な精霊魔術！　ああ、嘘でしょう!?　生きてる間に動く精霊魔術の魔道具を見る事ができるなんて！」

興奮する私に、ルイセ様がこわごわと言う。

「あの、階段……落ちますよ……？」

「あっあああそうね！　ともあれお風呂に入ってくるわ、あっもしかしたらお湯も出るかもしれないわ、ついてきてくれるかしら？」

「お、お風呂の中には行けませんが……それでいいなら……」

「ありがとう!!　あっあなたも汚れたわよね、一緒に入る!?」

「そ、それはだめです！　明かりをつけるのだけお手伝いします！」

「わかったわ！」

私はルイセ様を連れてずんずん奥へ進んでいく。

「ロゼマリア殿」

こちらを見て、リオ様が真剣な眼差しで呼び止めた。

「あなたはやはり、ロゼマリア・アンジュー魔術師ではないだろうか？」

「えっ……」

突然の問いかけに驚く。

「私、あなたにお会いした事あったかしら……」

「私が一方的に存じ上げていた」

彼は感動を噛みしめるように、目を細めて笑った。

「詳しくは後ほど話そう。私は……ずっと、あなたにお会いしたかった」

◇◇◇

浴室は想像通り、精霊魔術で湯は出る、汚れは全部落ちる、全自動の服洗浄装置も完備のすごい場所だった。全裸で大興奮で飛び出しそうになるのを、最後に残ったギリギリの理性で踏みとどまり、私はシャツとパンツを干し、他に服が無いのでドレスとローブ姿で二人の待つ一階のリビングルームへと戻った。

「良いお湯だったわ、ありがとう！」

泥なしの本当の姿を見て、ソファに座っていた二人はほっとした顔を見せた。

そしてすっと綺麗な所作で立ち上がると、正式な紳士の辞儀を披露した。

「改めて名乗らせていただきたい。私はリオヴァルド・ティラス。隣国ティラス王国の第二王子だ」

最初に口を開いたのはリオ様。続いて隣のルイセ様も、胸に手を当てたポーズで続ける。

「ぼくはルイセージュ・ティラス、第四王子です」

貴族だとは気づいていたけれど、まさか王子殿下とは。

私も深呼吸を一つして、ぴっと背筋を伸ばしてカーテシーをした。

「初めまして。私はロゼマリア。アンジュー公爵家の長女です……」

言いながら、ん？　と違和感を覚える。

——王子？

目の前のルイセ様は、カーテシーをしていない。紳士の辞儀だ。

「お、王子殿下……ルイセ殿下は男子でいらっしゃるのですか……!?」

驚く私に、ルイセ様は気まずげに目を逸らす。リオ様が代わりに答えた。

「順を追って説明する。身分を明かしたのは素性を知ってもらうためのもの、今後も我々とは気さくに話してもらえると嬉しい」

「わ、私はそれでいいなら助かるけれど……」

困惑しつつ、私は二人を見つめる。

森の一軒家で一緒に暮らす隣国王子二人。一体彼らは、なぜここにいるのだろう。

――ともあれまずは、先ほどの疑問を解決したい。

「リオ様。先ほどの話の続きを聞かせて。私を一方的に知っていたって……？」

「実は……あなたの著作を愛読してたんだ」

リオ様は本棚から本を持ってくる。差し出されたボロボロの本を見て、私は叫んだ。

「そ、それは私が趣味で出した精霊魔術伝承にまつわる本!?」

「まずはサインをいただけないだろうか。ファンです」

「えっ!? そ、それは光栄です！ ええとサインね、サイン……はい、どうぞ」

渡された万年筆でサインを書いて返すと、彼は本を抱きしめる。

「家宝にしよう」

「兄さま、兄さま。話が終わりません」

ルイセ様がつんつんとつつく。リオ様はハッと我に返り、本を丁寧にしまい込んだ。

「申し訳ない。感極まってしまった」

「作家冥利に尽きるわ」

「で、私がなぜロゼマリア殿の本を読んでいたかというと、それは弟の事情があって」

その時ふと、ルイセ様が顔色を悪くしているのに気づいた。

「大丈夫？ 森で疲れたからかしら、それとも私が王子殿下だと知って驚きすぎたから？」

駆け寄って目の高さを合わせた私に、ルイセ様は青ざめた顔で首を横に振る。

「違うんです。ぼくは……男子としての……挨拶を、すると……少し気持ちが悪くなって……」

——挨拶をすると、気持ちが悪くなる？

リオ様がルイセ様の肩を撫でる。

「もう十分だ。お前は夕飯まで横になっていなさい」

「はい……ごめんなさい、兄さま。ロゼマリアさま、失礼します」

少し悩んだ末にルイセ様はこくりと頷いて、リオ様に連れられ寝室へと歩いて行った。

戻ってきたリオ様は、弟の前では見せなかった深刻な顔をして私に告げた。

「心配をかけてすまない。私ももっと気遣ってやるべきだった」

「いえ、彼も悟らせたくないようだったから、仕方ないわ」

「……森にいるのも、私がロゼマリア殿の著書を読みあさっていたのも、あの子のためなんだ」

リオ様はルイセ様の寝室を遠く見つめながら、苦々しい口調で話を始めた。

「ルイセは不義の子と誹《そし》られ、悪魔の子だと冷遇されていた。年齢よりずっと大人びているのも、あの女装も、これまでの冷遇のせいなんだ。私は——あなたの著書を読み、弟の問題は精霊が関係していると気づき、解決のために森に潜伏している」

◇◇◇

話は昼食を作りながらという事になった。

手分けして地下階の貯蔵庫から肉と野菜、穀物を持ってきてキッチンに運ぶ。

キッチンには、井戸から汲んできたらしい水瓶と携帯用のコンロ、それにお手製らしいまな板と使い込まれた包丁と鍋が置かれている。

整然と携帯調味料と保存食が並べられていて、彼の人柄を感じさせられた。

「ねえリオ様。そこのオーブンとかまども、もしかしたら精霊魔術で動くかも」

「できるのか、ロゼマリア殿」

「うーんそうね、ルイセ様が使えたのが奇跡のようなものだから……」

精霊魔術は呪文ではなく、精霊と仲良くして魔術を行使する方法だ。ルイセ様は寝ている。もしかしたら、突然精霊魔術を使ったことで疲れたのかもしれないし、彼には頼れない。

私は少し考えて、かまどに向かって声をかけた。

「かまどさんかまどさん。私、ルイセ様にご飯を作りたいの。力を貸してくれないかしら」

次の瞬間。ボッと火が点る。私とリオ様は目を合わせた。

「さ、さすがロゼマリア殿！」

「ルイセ様のおかげよ！　ありがとうかまどさん！」

同じ調子でオーブンにもお願いすると、見事火がついた。

「よし今日はオーブンで肉とポテトを焼いて、ルイセ用にリゾットを作ろう」

それから、彼は慣れた手つきでジャガイモの皮を剥きながら話し始めた。

「私たち四兄弟は全て、同じ王妃《母》から生まれた。だがルイセだけは髪の色が両親どちらにも似ていない銀髪で、国王《父》の子と明言するには、タイミングが微妙だった」

隣国では今、貴族たちによる勢力争いが激化している。国王陛下は第一王子を王太子に指名しているが、権力転覆を狙う貴族たちは別の王子たちを擁立しようとしているのだ。

「不義の子だと疑われたルイセの後ろ盾を、貴族たちは真っ先に潰した」

第四王子派が生まれないよう、ルイセ様は不義の子と誹られるようになった。

病弱なルイセ様を国王陛下が他の王子と違う場所で育てたのも悪い憶測を呼んだ。

奇《く》しくも災害派遣や魔物討伐に国が追われていた数年が重なってしまったので、ルイセ様への虐待がようやく明るみに出たのは、三歳の誕生日を迎えてからだ。

ぐっと、包丁を握るリオ様の手に力が入る。

「父は多忙ゆえルイセの事は配下に任せきりで、私も一個隊の騎士を任され、魔物討伐の前線にいた。まったく気づけなかったのだ……ルイセへの虐待に」

末弟ルイセ様の出産後、王妃様が亡くなっていた事も、虐待が見過ごされた原因だった。

「もちろん虐待が明るみになって以降、すぐに首謀者たちは断罪された。だが」

問題は終わらなかった。ルイセ様の周りで不可解な現象が起こり始めたのだ。

「言葉を話せるようになったルイセが、奇妙な事を口にし始めたのだ。誰もいない場所に誰かいると言ったり、妙な声を聞いたり――時にその声で人の嘘を言い当てたり、予言したりした。不義の子から一転、悪魔の子扱いだ」

作業の手を止めないまま、リオ様は感情を押し殺すように淡々と続ける。

話しながらもあっという間にジャガイモと肉は切り分けられ、オーブンの天板に敷き詰められる。

続いてリゾットの準備に取りかかりながら、リオ様は続けた。

「その後も我々の目を盗んで、善意の顔をした虐めは日常的に続いた。……四六時中監視はできないのをいい事に、表向きはいい顔をしながら目が届かない場所で、ルイセに言葉と眼差しで虐待を浴びせ続けた」

「内政を監督する王妃様が不在だから、余計に悪化してしまったのね……」

「報告された暴言の内容は度しがたいものだった。母が死んだのも国が荒れたのも、悪魔の子のせいだ、争いの火種になる王子として生まれたせいだ、姫ならば親孝行だったのに、と」

「最低」

私は思わず口に出していた。

「こうしてルイセは男児の服を着られなくなった。……最初は優しい乳母《うば》が魔除けとして、よかれと思って異性装をさせていたらしいのだがな。その乳母も、体を悪くして辞した……そしてついに暗殺未遂事件まで起きた」

険しい顔で語りながら、リオ様は手際よくリゾットを作る。

料理で気を逸らしていなければ、とても話せないといった横顔をしていた。

「私は騎士団を辞し、王位継承権を放棄してルイセを伴って国を出た。これが一ヶ月前の話だ。父も黙認してくれたのだろう、今のところ追っ手も一切来ていない」

顔をあげ、リオ様はまっすぐ私を見た。

「この森を潜伏先に選べたのは、ロゼマリア殿の本のおかげだ。書いていただろう、この森が古代精霊魔術師にとって重要な場所であると」

確かに書いていた。私ははっと気づいた。

「もしかして、直接森に乗り込んでルイセ様の不調を治そうと？」

「ああ」

リオ様は頷く。

「なんて行動力なの。……それで結果として、どうだったの？」

私の質問で僅かに、リオ様の表情が明るくなった。

「まだ問題は多いが……森に入ってから確実にルイセは変わった。幻聴や幻覚を見る事がなくなり、この森の食事なら受け付けるようになってくれたんだ」

「すごいわね、効果があったのね」

「今日もルイセを健康のために散歩に連れ出していたんだ。途中で獣が襲ってこなければ、一人にする事もなかったのだが……本当に、あなたには感謝が尽きない」

深々と頭を下げられ、私は慌てる。

「たいした事はしていないわ。けれどよかった。私が出した本が役に立って」

リオ様は簡易保冷庫から瓶を取り出し、白いミルクに似た果汁を注いでいく。ミルクの代用品によく使われる、ココティーアの果汁だ。森で収穫したのだろう。

リゾットが炊けたところで無事に肉も焼き上がり、香ばしい匂いがまた広がった。

薄い皿に綺麗にローストビーフが円形に盛り付けられていく。

真ん中にはバターを溶かしたジャガイモで、さっと酢を使ったソースがかけられる。

「ご、ごちそうだわ……」

「そう言ってもらえて嬉しい。遠慮せず食べてほしい」

そのとき、匂いにつられたのかルイセ様がキッチンにやってきた。

「ごめんなさい、お手伝いできなくて」

「気にするな。ところでルイセ、今日は肉はどうする？」

「……いえ、ぼくは……すみません」

「謝る事ではないよ。食べたくなったらすぐに言いなさい」

それから祈りを捧げ、さっそく私たちは食事を口にした。

「……！」

私は思わず口を押さえた。匂いに違《たが》わず、それらは絶品だった。

ミルクより甘い香りがして、さらさらとしたリゾット。

チーズのまろやかさがちょうどマッチして、とろとろで美味しい。

咀嚼《そしゃく》しやすいサイズにみじん切りになったお野菜もたまらない。

ルイセ様はスプーンを使って少しずつふうふうしながらリゾットを食べている。

言葉こそ大人びているものの、その一生懸命な様子は六歳児相応という感じだ。

リオ様がさりげなくルイセ様の様子を目で追っているのが、いかにもお兄さんらしい。

「具合はどうだ？」

「大丈夫。……リゾットも……ちゃんと食べられます」

リオ様はほっとしたように微笑んで、自分の食事に手をつけた。

微笑ましい二人の様子に胸が温かくなる。辛い思いをいっぱいしてきたこの兄弟の幸せに、私の本が少しでも役に立っていたなら嬉しい。

けれど話を聞いてしまったからには、私もなにもせず森を出て行く訳にもいかない。

そもそも森の外に居場所はないのだ。

——自分にできる事はなんだろう。

考えながら、私は美味しい肉とリゾットを全力で堪能した。

◇◇◇

食後、リオ様が私に提案してきた。

「よろしければロゼマリア殿。今後も私たちに力を貸していただけないだろうか。あなたの知見があれば、ルイセも早く元気になって、城に戻れると思う」

「に、兄さま」

はじかれるようにルイセ様が腰を浮かせる。

「だめです、ロゼマリアさまを困らせてしまいます。ここにひきとめたら」

「私でよろしければ喜んで」

「えっ⁉」

二つ返事で快諾した私を見て、ルイセ様がぎょっとした。

「で、ですがロゼマリアさまも帰る場所があるんじゃ……」

「安心して！　行く場所はないわ！」

「え」

ルイセ様が固まる。私はぐっと親指を立てた。

「それがねえ、結婚して継母になるはずだった城からも追い出されたばっかりなの。実家には帰れないし、仕事も寿退職しちゃったばっかりだし、本当に行くあてがないの」

「そ、それは……大変、ですね……」

「だからむしろ私のほうからお願いしようと思っていたくらいよ。もちろんルイセ様がお嫌だったら出て行くけど、どうかしら？」

「ぼ、ぼくは……」

視線をさまよわせるルイセ様の肩を、リオ様がポンと叩く。

「彼女を放り出す訳にもいかないだろう、ルイセ。ここは都合良く部屋数は多いし、ご婦人との同居も配慮できる。狩りに行っているあいだお前を一人にせずにすむから、私も安心できる。せっかくだから魔術の勉強も教えてもらうといい」

「兄さま……」

水色の瞳が、困惑とためらいを浮かべながら私を見上げる。

「でも……ご迷惑になるんじゃ……」

ルイセ様の表情に——ふと、夢の中で見た、泣きじゃくる子どもの顔が重なった。

私は継子虐めの継母の悪夢が怖くて、できるだけ子どもに接さないように生きてきた。

けれど。目の前に困っている子どもがいたら、当然助けたいに決まっている。

「ルイセ様がお兄さまと二人で過ごしたいのなら、もちろん無理は言わないわ。でも遠慮をしているのなら気にしないでちょうだい。私、あなたの力になりたいの」

「……ロゼマリアさま」

「何かしら？」

「ぼくが気持ち悪くないんですか？　嫌じゃ……ないんですか？」

「全然よ。頭が良くて可愛くて、素敵な男の子だと思うわ」

「……っ……」

ルイセ様は沈黙し、たっぷり時間をかけて言葉を探す。

最終的に、ルイセ様はおずおずと私の目を見て、そして頭を下げた。

「本当に……ロゼマリアさまがいいなら……よろしくお願いします……」

「ありがとう。こちらこそよろしくね、ルイセ様！　満足度一二〇％で成果をお返しするわ」

私たちの様子を見て、ほっとしたようにリオ様が肩の力を抜いたのを見た。私は空気を変えるように、ぱちんと手を叩く。

「そうだわ、お風呂は掛け流しの温泉になっていたわ。きっと入ると気持ちがいいわよ」

「一緒に入ろうか、ルイセ」

「……はい」

兄弟は二人で浴室へと向かっていった。

私はその背中を見つめながら拳を握る。胸の奥が熱くなっていくのを感じた。

◇◇◇

夜。

私はあてがってもらった部屋で月明かりの下、長い紅色の髪を梳《と》かしていた。

髪から手を離す。すると髪がぶわっと天井に向かってそそり立った。

「うーん、森の魔力は強すぎるわ。やはり精霊の森だからでしょうね」

直立した髪をなんとか手でまとめ、ぎちぎちに三つ編みに編んでまとめる。魔石付きのリボンで結べば、なんとかおとなしく一本のおさげとしてまとまってくれた。

魔術師にとって髪は命だ。月明かりに当てて相性の良い魔石付きの櫛を通す事で、髪は大気中の魔力を取り込みやすくなる。魔術師は大量に魔力を消費する職業なので、月夜の晩はしっかりブラッシングするのが大事なのだ。

「今日は色々あったわね……」

追い出されて、森に入って、隣国王子様兄弟に出会って精霊魔術を間近で見て、一緒に暮らす事になって。本当に色々あった一日だ。

「精霊魔術の謎にも迫れるし、ここなら一文無しの私でも、なにかしら作ってお金にできそうね。販売許可も学生時代にたくさん取得しといてよかったわ」

滞在するとしても自分の生活費はまかなえそうだ。二人のために必要なものも作ってみたい。

「そうだわ、ちょっとお水を飲んで寝ようかしら」

廊下に出て、キッチンのほうへと向かっているところだった。

ふと、しくしくとすすり泣く声が聞こえてくる。ドキッとして慌てて声のするほうを探すと、ルイセ様の寝室から聞こえてきた。リオ様が、部屋のドアから顔を覗かせているのを見てギャッと叫びそうになるのをなんとか堪えた。

「……いつも泣いているんだ。悪夢にうなされて」

リオ様は心配そうにルイセ様の部屋を見やる。

「心配かけたくないからだろう、俺が行くと翌日いたたまれない顔をして辛そうにするんだ。だからあえて行かないようにしているが……」

「気になるわよね。……そうだわ、私なら、寝ぼけて部屋を間違えたって言えるわよ」

「いいのか」

私は任せてと言わんばかりのウインクをして、部屋にそっと入る。

はたして部屋の真ん中で、ルイセ様は丸まってしくしくと泣いていた。

「……めんなさい……ごめんな……さい…………お母様……おかあ……さま……」

お母様――その悲痛な呼び声に、私はなぜか胸がものすごく痛くなった。

『お義母様、ごめんなさい。許してください』

夢で何度も繰り返した、継子虐めの継母の悪夢。

私は振り払うように自分の頬を思い切りべちんと叩く。

「……ルイセ様……大丈夫よ、それは悪い夢よ」

私はルイセ様の頭を撫でる。

彼の手元に、三つ編みが垂れる。

それをぎゅうっと握って、ルイセ様は震える唇で泣き続けた。

「ごめんなさい、ごめんなさい……ぼくが……うまれた……から……」

私はベッドに入り、ルイセ様の頭を抱きしめた。こういうとき落ち着くにはぬくもりが一番有効だ。私はルイセ様を腕に抱き、背中を優しく撫でる。

次第にルイセ様は、三つ編みをぎゅっと握ったまま泣き止んでいった。呼吸が静かになる。

「ぁかあさま…………はなれ……ないで…………」

ぎゅっと胸にすがりつき、ルイセ様はそう言い残すと静かになった。

そーっとリオ様が様子を見に来る。寝入った様子を示すと、リオ様は目を軽く見開いた。

「……寝ているな」

頷くと、彼はふっと、独り言のように呟いた。

「……母の肖像画が、王冠の下に長い三つ編みを下げたものだった。……きっと……母を思い出したのだろう」

私は腕の中のルイセ様を見た。

大人びた口調で、背伸びをして過ごしているけれど、彼はまだ甘えたい盛《さか》りの子どもだ。

それにずっと虐待されていたのなら、愛情もまだまだ満たされていないはずだ。

否定され続けて、男の子の服さえ着られなくなった苦しみはどれくらいのものだろう。

「よく頑張ってきたわね……立派よ」

ぎゅっと私はルイセ様を抱きしめた。他人でしかない私でも、抱きしめる事はできる。

魔術師としての経験と力で、彼の心の傷を癒やしていく事だってできるはずだ。

「私、ルイセ様が無事にお城に戻れるようにサポートするわ。任せてちょうだい」

リオ様は私の目を見て、強く頷いた。


——その頃、私の部屋のサイドボードの上で。

——割れた手鏡が月の光を浴びて、怪しい光を放っている事には誰も気づいていない。

# 第二章

Chapter 2

◇◇◇スノウ視点◇◇◇

サイレンシア王国・王城、その北棟居住区にて。

白雪姫と呼ばれる王国第一王女、スノウが一人食堂にて夕食についていた。

長いダイニングテーブルの向こう、一人の従者が低頭して報告をする。

スノウが追い出した継母予定だった女、ロゼマリアの追跡報告だった。

「ロゼマリア・アンジューは実家に帰らず、辻馬車を転々として精霊の森に向かった模様です。その後、精霊の森から女の悲鳴が聞こえたと報告が。おそらく彼女は魔物の餌食《えじき》になったのかと推察されます」

「……そう」

スノウは呟くと、目の前の透き通ったスープへと目を落とす。そして映った己の顔を見つめながら考えた。

ロゼマリアに叩きつけた予言書の名は『白雪姫』。

それは宝物庫に保管された予言書の写本。

内容は母を失った姫が継母にいびられ森に追放され、幾度も命を狙われついに殺されるも、最後に王子に救われる話だ。その内容は、スノウが幼い頃からうなされ続けた悪夢と酷似している。

最初に予言書を見せられたとき、スノウは己の夢との符合に恐ろしくなった。たとえ最後に生き返るのだとしても、夢で虐待され、追放され、殺されかけた恐ろしさを払拭するものではない。

だからスノウは書面にて、城を空け続ける父に継母は必要ないと何度も訴えた。

しかしスノウの嘆願は黙殺され、唐突にロゼマリア・アンジューという継母が入城してきた。

父は手紙すら、見ていなかったのかもしれない。

恐怖の頂点に達したスノウは、そのまま叩き出したのだった。

「……死んだのなら、それでいいわ」

スノウはそう口にして、スープを飲み干した。

続いて他の従者が、次々と社交の予定や淑女教育のスケジュールについて報告してくる。報告が終わったところで、デザートの時間になった。

「他には？」

「以上にございます」

「……国王陛下《父》からの連絡は？」

「ございません」

「そう」

吐き捨てるように呟いたところで、テーブルにデザートが置かれる。

それは美しいフルーツの盛り合わせだった。

「りんごは入っていないでしょうね？」

「入っておりません」

「……ならいいわ」

スノウは口にする。それはとろけるように甘く美味しかった。

けれど、一人で食べる食事では、その言葉を誰に伝えようもなかった。

赤い苺の色に、追放したロゼマリアの紅色のロングヘアを思い出す。

――あの継母なら、一緒にご飯食べてくれたりしたのだろうか。

「死んだのよ」

スノウは自分に言い聞かせるように口にした。

死んだのよ。そう口にしなければ、頭の中に恐ろしい別の言葉が浮かんできてしまいそうだった。

◇◇◇

「気持ちいい朝！　元気な体！　魔力もばっちり充塡《じゅうてん》できてるわ！」

私はチュンチュンと足が四本ある小鳥が飛んでいく空を眺め、うんと伸びをする。

邪魔な髪を一つにくくって、ローブの腕をまくり上げ、私はさっそくダイニングへと向かう。

そこには既に起きてパンを切っているリオ様の姿があった。

「おはようリオ様、お早いのね」

「ああ。朝の鍛錬と水汲み、見回りをしてから朝食を作るからな」

「明日からはもっと早く起きるわね」

「いや、魔術師は睡眠が大事だろう。適材適所、私は早起き、あなたは今まで通りでいこう」

「じゃあお言葉に甘えつつオーブン温めるわね」

「ありがたい」

用意されているのはパンとサラダとジャガイモのパンケーキ、それに昨日のココティーアミルクのようだ。私の分もあるのを見て、はっと思い出す。

「そういえば、食材の在庫は足りているかしら？　私が来ちゃったから在庫は……」

「格好つけても仕方ないから正直に言おう。そろそろ補充が必要な時期だ」

彼は貯蔵庫を開く。ジャガイモは山ほどあるけれど、パンも残り数個、小麦粉は残り数日分、調味料もごく僅かだった。

「な、なんて事……」

「問題ない。こういう時のために私の貴重品を持ってきているんだ」

リオ様は壁に掛けたマントや毛皮、儀礼剣を指す。

「いやいやいや、国宝を換金なさるなんて！　そもそも換金できないわ！」

「む、そうか」

「ここは新たな住人として私が一肌脱ぐわ。この髪を売れば数年分の潜伏資金にはなると思うの」

私がむんずとポニーテールを摑むと、リオ様が大慌てで手を摑む。

「や、やめてくれ、さすがに婦人の髪を売るなどと」

「平気よ、髪を伸ばしてるのも魔力を貯めるためだし、ショートの研究者も結構いるし」

「そそそういう問題では」

「ぎゃはは、ご主人は坊主頭も似合いそうだけど、さすがにリオっちがショック死すんよ」

「やあねえ。ショック死なんてしなくたって、髪なんてまた伸びるんだし……ん？」

リオ様がきょとんとしている。私もあれ？　と思った。

会話にまったく知らない第三者が加わってないか？

私とリオ様は、同時に同じ方向を見た。私たちの真横に、金髪のチャラチャラした男が立っている。つんつんとセットした長めの金髪に垂れ目に吊り眉、派手なシャツにスーツを合わせている。

彼は私たちの視線を受けて、にっこり笑顔を見せる。

「へっへっへ、ども」

「あ、あなたは一体――」

そのとき。

――ガタガタッ！

ルイセ様の部屋から、物音と悲鳴が聞こえてきた！

「う、うわーっ！」

「⁉」

私とリオ様は顔面蒼白で顔を見合わせ、ルイセ様の寝室へとダッシュした。

「ルイセー！　大丈夫か！」

「ルイセ様ー！」

私たちがバーンと扉を開くと、そこにはルイセ様と一緒に、若い男がいた。

「さ、さっきのチャラ男！」

「まて、な、何人もいる⁉」

リオ様の言葉に周囲を見る。

そこには、謎のチャラ男が大量にひしめいていた！　総勢十五人！

「う、うわー！！！！！！！」

「変質者！！！！！！！！」

「えー、変質者ってひどくね？　ほら俺っすよ俺」

「は⁉　わ、私存じ上げないけど⁉　どなた⁉」

「だあから俺。わからん？　ご主人、俺の事谷間に突っ込んでたじゃん」

「谷間だと⁉　お前、渓谷《けいこく》の暗殺者か⁉」

「リオ様、混乱しすぎ！　えーっとー……谷間……なにか入れてたっけ……あ」

私はふと、胸を押さえる。確かにいつも入れていたものがない。

派手なピンクの柄シャツの模様は、よくよく見れば見慣れた柄だった。

「……もしかして、あなた……鏡の精霊？」

「せーかいっ！　古代にはラブボって呼ばれてた精霊っす。よろしく、ご主人」

屈託なく八重歯《やえば》を見せて笑い、チャラ男――ラブボは気安く片手をあげた。

◇◇◇

とりあえず、私たちはダイニングに戻った。

身支度を終えたルイセ様とリオ様と私、そして鏡の精霊ラブボくん（一人）の四人でテーブルに着く。ルイセ様はあいかわらず今日も女児用のエプロンドレスだ。

ちなみに残り十四人のラブボくんには、掃除や片付けをしてもらっている。

意識は共有しているらしいので話をする相手は一人で事足りるらしい。

「まさか、鏡の精霊が顕現《けんげん》するとは思わなかったわ……」

しみじみと呟く私に、ラブボくんは髪をかきながら笑って答えた。

「いやー俺もびっくりっすよ。まさか復活できるとか思ってなかったし。森の魔力最強すぎ」

――鏡。

それは私が魔術学園首席卒業にあたって、特別授与された古代魔道具の一つだ。

首席卒業者は代々、古代魔道具の間で魔道具に『選ばれる』のが習わしだ。

魔道具宝物庫の中、ケースの中に並べられた古い杖や箒《ほうき》、本や宝石といった魔道具の中で私が妙に気になったのは、この小さな手鏡――ラブボくんだった。

女性の首席卒業者が珍しいからだろう、鏡が私を見て輝いた気がしたので、私はそのまま鏡を受け取ったのだった。

「森に入ったとき割れたけど、あれ大丈夫だったの?」

「平気っすよ、俺割れたら割れたで分裂するだけだし、一枚に戻りたきゃ糊でくっつけりゃ自己修復できるし」

「便利ねえ……」

「あはは。精霊としての能力はけっこー忘れちまったすけど、掃除とかそういうのはできるんで、まあ使ってくれっす」

食事を取りながらじっと黙して考え込んでいたリオ様が、ここで顔を上げてラブボくんを見た。

「ラブボ殿。あなたは精霊として、ルイセについてなにかわかる事はあるのだろうか？」

ルイセ様がびくっとする。なにも今聞かなくてもとちょっと思ったけど、どうしてもわかる事は今、目の前ではっきりさせたいのだろう。

「ルイセっちについて？　えーなにもわからんけど……普通の『精霊の愛し子』じゃねえっすか？　弱ってるっぽいけど、森も大歓迎してるみたいだしすぐ元気になるっしょ」

「精霊の愛し子、ですって⁉⁉⁉」

「精霊の愛し子、ってなんだ⁉⁉⁉⁉」

「うわーっ⁉」

私とリオ様が一斉に椅子から立ち上がる。ラブボくんが勢いで倒れた。

私とリオ様は摑みかからん勢いで食いついた！

「どういう事、教えて！　詳しく教えなさい！」

「どういう事だ！　教えろ！　父親が精霊なのか⁉　どこの男だ⁉」

「ま、ま、まって！！！！」

ラブボくんは私たちから抜け出し、ぜえはあと息を整える。

「はー、ええと、とにかく落ち着いて。えっとなに？　精霊の愛し子を知らんの？」

「あそっか。ずっと封印されていたのよね。ええとあのね……」

私はすぐに、ラブボくんに耳打ちして経緯を説明する。ラブボくんは目を剝いた。

「うっそ最悪！　なんで精霊の愛し子に、んな扱いすんの⁉　人間愚かすぎ！」

露骨に人間を罵倒して、ラブボくんはルイセ様を見た。ルイセ様がビクッとする。

「びびらんでぃーっすよ、だいじょーぶ、ルイセっちはなんも心配せんでいいから」

見た目のチャラさに反した優しい声音でなだめると、ラブボくんは話を続けた。

「えっとね。ルイセっちのママは多分精霊魔術師の才能があったんすよ。実家が精霊魔術師の一族とか、そんなんじゃね？」

「記録は残されていないが、可能性がないとは言えないな」

リオ様が顎を撫でながら言う。ラブボくんは話を続ける。

「精霊魔術師の才能がある人間、つまり精霊に愛された人間が弱ると、精霊が生命活動に力を貸すんすよ。ママはルイセっちを身ごもった。でも子どもを育《はぐく》めるほど体力も生命力もなかった。んじゃかわいそーだから精霊がパワーを充填して、子どもが生まれるように力を貸すっすよ！　……て感じで生まれたのが、精霊の愛し子ってやつっすよ」

「……でも」

ルイセ様が青ざめて目を落とす。

「ぼく、父上の子どもではないと……ずっと言われていて……」

「いやどー考えてもリオっちと同じパパっしょ」

当たり前の事をなに言ってるの、とばかりにラブボくんが言う。

「精霊が力を貸さんと生まれんほど弱ってたって事は、お腹の中に十月十日以上いたって事っしょ。え？　もしかして今の人間ってそんな事もわかんねえの？」

「精霊の知識がほぼ失われているからね……」

「はー？　マジっすか～。でも普通疑わねえっしょ、疑ってどーすんの。どう見ても同じパパママから生まれた匂いしてんのに、人間って愚か～」

私はリオ様と顔を見合わせた。ルイセ様はまだ呆然としている。

ずっと彼らを悩ませていた問題が、今一度に答えが出てしまったのだから。

「ともあれ良かった。故郷の貴族たちを納得させる証拠の用意はまた考えるとして、ルイセが我が両親の子だとはっきりしたのだから。なっ」

ルイセ様にすっきりとした笑顔を向けるリオ様。けれど隣に座ったルイセ様は、ぎこちなく目を逸らした。

「……はい……」

「ルイセ？」

様子に困惑するリオ様。ルイセ様はなにも言いたくなさそうだったので、私は笑顔で手をぱんぱんとして空気を切り替えた。

「さっ！　ともあれまずは食べましょう！　朝食は元気の源よ！　ラブボくんは？」

「俺は魔力でお腹パンパンだから、お茶でもついであげるっすよ～」

「助かるわ！」

それから私たちは祈りを捧げて朝食を食べ始めた。

ルイセ様の様子を気にしているものの、リオ様はどこかとてもすっきりした様子だった。けれどルイセ様は、どこか浮かない困惑した様子のまま、パンケーキを少しずつ食べていた。食欲がない訳ではない。顔色もいい。ならば心の問題だろう。

(嬉しくないのかしら？　……自分が、不義の子ではないとわかっても……)

私は彼の気持ちを考えながら、少し冷めたジャガイモのパンケーキを平らげた。


朝の色々で気疲れしてしまったのだろう。朝食後、ルイセ様は少し自室でゆっくりしたいと言ってリビングルームを出て行った。

リオ様はすがすがしい顔をしていた。

「よかった。ひとまず母の不義の疑惑が解消されてほっとした。精霊魔術は伝承が失われているから助かった。感謝する、ラブボ殿」

「はー、俺が寝てる間にどんだけ世の中変わったんだよって感じっすね」

ラブボくんは寝ている間にほとんどの記憶を失っているらしい。

けれどなんとなく、この精霊の森は古代のままだからわかるという。

「このコテージはかつて精霊魔術師が研究に使っていた研究所っすよ、多分。だから探せばもっと色んなものが出てくると思うし、もしかしたら古代の書物もどっかに隠されてるかも」

「古代の書物ですって⁉」

朗報だわ！　ルイセ様を元気にする方法も見つけられるし、精霊魔術についてもしっかり調べられるわね！

「でもご主人、古代文字読めるっすか？　今の文字と違うっしょ結構」

言いながらラブボくんは、机に置かれた本に目を向ける。私はぐっと拳を握った。

「古代文字くらいなんとでもなるわ！」

「頼もしいっすね」

「よし！　そうと決まれば家中の調査よ！」

えいえいおー！　と拳を振り上げ、私たちはさっそく家の中の調査にとりかかった。

すると、出るわ出るわ古代の精霊魔術の名残！

「ああ、これは精霊魔術の空調っすね。夏は涼しく冬は暖かく、床暖房もついてるっす」

「これは糸車っすね。毛が長い精霊から取った毛で糸を作れば、防寒にも破邪にも魔術のかけかた次第でなんでもできる毛織物が作れるっすよ」

「これは冷蔵庫と冷凍庫っす。食料の長期保存が可能っす」

「これは蚊除けっすね」

次々と教えてくれる話に、私もリオ様も茫然とした。

「一ヶ月近く住んでいて……こんなに仕組みがあるなんて知らなかった……」

「私も……まがりなりにも首席卒業の宮廷魔術師だったのに……気づけなかったなんて……」

「しゃーねーっすよ。話を聞いてる限り、最近はマジで精霊魔術全然使ってなかったっぽいから」

そう言って、ラブボくんは最後の部屋に到達する。壁に順序よく手を当てると、ぼぉっと壁が光って、扉が現れた。

奥には蔵書がたくさんあった。

「っ！！！！！！！！！！！！！！！！！！！！！！！！！！！」

バターン。私は倒れた。

「ロ、ロゼマリア殿⁉」

「ご主人ー⁉」

「……嘘でしょ……こんな……こんな……」

私は走馬灯のように、目の前にかつての苦労した資料集めの日々を思い出した。

各地を駆けずりまわり、色んな土地にコネクションを作って、頭を下げて、必死に伝承を聞きまわり、押し入れに押し込まれたガラクタの中から書籍を見つけ出したり、骨董市《こっとう》の緩衝材《かんしょうざい》に使われている古い紙をかき集めて骨董品より高い値段で買ったり、偽物を掴まされたり、本物だとしても使えるものかはまた別で、本当に、本当に本当に、あの苦労した日々の果てに、こんな宝箱にあたるなんて。

「やったわ……生まれてよかった……追放されてよかった……ありがとう神様……」

つぅ……と涙が目の横をこぼれ落ちる。リオ様がおろおろしている。

ラブボくんはぎゃははと笑った。

「ほらほら、倒れててもしゃーねえっしょ。ルイセっちのために本チェックしねえと」

「はっそうだわ！　倒れてなんていられないわ！」

私は髪をリボンで高く縛り、腕まくりをする。

「調べるわ！　当面はまず……とにかく、ルイセ様に必要そうな本を調べるわ！」

「私は手伝える事がないな。……ロゼマリア殿に家事を手伝ってもらっているというのに、ロゼマリア殿の研究にはなにも……」

おろおろと困ったふうにリオ様が言う。ラブボくんはまあまあ、と肩を叩いた。

「他にも色々やる事あるっしょ？　俺も手伝うからさ」

「そうよ。それにルイセ様の体調も心配だわ。一緒にいて差し上げたら？」

「しかしラブボ殿はロゼマリア殿の手伝いがあるのでは」

「「「俺らたくさんいるし？」」」

後ろからぬっと出てくるラブボくん。ぎょっとした。

「ちなみにそれって一人にも戻れるの？」

「戻れるっすよー。鏡を元のケースに戻してくれたら、自然にくっつくし」

リオ様はしばらく思案した様子だったが、納得したように頷いた。

「そうだな。最近は家事と狩りばかりで一緒に過ごす時間が少なかった。感謝する、ロゼマリア殿、ラブボ殿」

彼は去って行く。

私はさて、と蔵書を前に腰に手を当てた。

「ラブボくん。今回の目標は三つ。一つ、ルイセ様が精霊の愛し子であると理解してもらうための資料の作成」

「精霊の俺の意見だけじゃだめ？」

「もちろんそれも大事だけど、あなたが適当に言ってるんじゃない客観的な証拠も必要よ」

「厳しいなあ」

「私は納得するけど、ティラス王国のルイセ様を疑ってる人たちを納得させなきゃいけないからね。二つ目は、ルイセ様の困りごとの解消。野良精霊が見えたり、ポルターガイスト現象が発生したりする事の予防、それに食べられる食材の選別とリスト化、そこから得られる法則から、帰国後の食生活に対する提案」

「シェフの仕事じゃねえんすか、それ」

「シェフに投げる前の段階よ。今のシェフはあなたの時代と違って、精霊魔術師が食べられるもの、食べられないものの違いがわからないの。そういうのがあるんでしょ？」

「まー、あったようなないような……」

「元のご主人様とか、他の精霊魔術師の事は覚えてないの？」

「ぜんぜん」

「……」

私の冷ややかな目に、ラブボくんが情けない顔をする。

「しょうがねえじゃねえっすかあ～！　魔道具としてもうどれだけ主なしで過ごしてたか‼」

確かに埃っぽい宝物庫にずっと眠っていたのだ。眠ったまま人に接するのだって一年に一度。

「とにかく、食べられるものを探す！　そして三つ目、これが一番大事な事よ……彼が精霊魔術師になるための教科書を探すの。彼が精霊魔術師になりたいと思わなかったとしても、情報さえあればいつか役に立つでしょう。それに私が知りたいの。これまでどれだけ探しても知り得なかった精霊魔術師の秘密が、ここに、ふふ、ふふふふふふ」

「ご主人こっわ」

「こほん。さて、さっそく本探しに力を貸してちょうだい！」

「うぃーっす。んじゃ、背表紙上から順に読み上げていくっすね！」

「最高よ！　頼りにしてるわ、ラブボくん」

「っす！」

私たちは手分けして、問題解決に使えそうな本を見繕《みつくろ》った。

◇◇◇ルイセ視点◇◇◇

――まさか王妃様が不貞なんて、信じられないわ……

――変なものが見える？　ああ嫌だ、悪魔が腹を食い破って出てきたのよ……

――殿下。あなたは余計な勢力争いを招きます。女児として生きなさい……

――声変わりするまでどうせ生きられないのだから、ね？


暗い部屋に閉じ込められる恐怖。

見下ろしてくる冷たい眼差しの恐怖。

振るわれる暴力。痛み。空腹。寂しさ。

それも全部、自分が生まれちゃいけない子どもだったから。

「ごめんなさい……ごめんな……さい……」

「ルイセ、ルイセ！　目を覚ませ、それは夢だ、ルイセ！」

ルイセは目を開く。目の前には肩を揺すってこちらを見下ろす兄の姿があった。

「あ……夢……？」

「ああそうだ、夢だ。なにも怖いものはない。私がついている」

兄は目を覚ましたルイセに安堵の表情を浮かべ、優しく頬を撫でた。

汗をびっしょりとかいていて気持ち悪い。

体を起こすと、ふわふわの女児向けのネグリジェがべとべとになっていた。

「着替えようか。洗濯が間に合わないから、一旦私のシャツでも」

「だめ！」

反射的に大きな声を出してしまって、ルイセは口を覆う。

胸がどきどきする。兄は優しく微笑む。

「そうだな。じゃあ体を拭いて着替えるのはどうだ？　ちゃんとお前の服を」

「……うん……」

ルイセは男子の服を着られない。自分が着てはいけないもののような気がして、体がこわばるのだ。そんな情けないルイセにも兄は優しい。胸が痛むほどに。

気持ちを奮い立たせてルイセは立ち上がり、ブラウスとオーバースカートを着る。

フリルがたくさんついたブラウスに、ふわふわの水色のオーバースカートだ。

カチューシャをつけて、鏡の中にいる自分の姿を見てほっとする。女の子の姿をしていると許されるような気がするから。兄は背中側のリボンを結びながら呟く。

「精霊魔術を使って疲れてはいないか？　変なものが見えたりはしないか？」

「はい……大丈夫、です」

故郷にいる頃、ルイセの周りにはたくさんの変なものが見えていた。この森に入ってからは見えていないから、やっと普通になれたのだと思えていたのだけれど。

「……ぼくは……人間、なのでしょうか」

精霊の愛し子。精霊を名乗るあの変な男の人はルイセの事をそう言った。

自分が普通の王子ではない事だけがわかって、ルイセは内心ショックだった。

「……ごめんなさい」

「どうした、ルイセ」

「ぼくが、普通の王子だったら……それとも女の子だったら……兄さまに迷惑をかけなかったのに」

「なにを言っている。ルイセはルイセだろう?」

「本当は……生まれない子どもだったのに……生まれてしまって迷惑を……」

「そんな事はない！」

兄は言葉を遮るように言い、ぎゅっとルイセを抱きしめる。

「わかってくれ、ルイセ。私はお前が生まれて嬉しかったし、今もこうして一緒にいられて幸福なんだ。精霊魔術については私もまだよくわからないが、少なくとも精霊の采配のおかげでお前が生まれてくれて、私は精霊に感謝をしているよ」

兄はしっかりと抱きしめてくれる。

嬉しさと悲しさ、二つの意味で泣きそうになる。ルイセは姿見に視線を移す。

――自分が普通の子だったら、兄まで全てを失わずともよかったのに。

「これから昼食を採りに行く」

立ち上がって言う兄の顔を、ルイセはじかれるように見た。

「危ないです兄さま、ぼくは食べなくても平気なので」

「大丈夫、兄さんを信じなさい。騎士団で最強だったんだぞ」

「……でも……」

そのとき、部屋のドアがノックされる。

ドアの向こうからはロゼマリアが、明るい笑顔で入ってきた。長い髪を高くまとめ、やる気十分と言わんばかりに腕をぐるぐる回している。

「そろそろお昼でしょう？　採りに行くなら付き合うわよ！」

「ああ、ちょうどいい頃合いだ」

ルイセの頭をひと撫でして、兄が立ち上がる。

「あ……」

不安になるルイセの傍に、ラブボがへらへらと近づいてくる。

「だいじょーぶ、俺が一緒にいるから。俺鏡だから、俺を通じて二人と会話できるっすよ」

どうやら糸電話のように、鏡同士で離れて会話ができるらしい。

「じゃあ行ってくる、ルイセ」

「美味しいのを採ってくるから、待っててね！」

ルイセを置いて二人は去って行く。ルイセは茫然と見送る事しかできなかった。

◇◇◇

「ルイセ様、不安そうだったわね」

「まだ納得できないのだろう。……無理もない。あの子は、ずっと自分がいてはいけない人間だと洗脳されてきたからな」

「最低ね」

「ああ、最低だ。だから私があの子の自己肯定感をとりもどすんだ」

「加勢するわ」

「感謝する」

リオ様は言いながら、帯びた剣とは別にコテージ裏の武器庫から弓を取り出し背負う。

一本の木をしならせて作られた弓は、見るからに美しくて強そうだ。

「自分がいなければ私が森に来る事もなかったと思っている。さっきも食事もいらないと言い張っていたが……」

「育ち盛りですもの、ちゃんと食べてもらいましょうね！」

「ああ」

私とリオ様、ラブボくん（一人）で、コテージを離れ、森の道を進む。

ラブボくんは目を輝かせてあちこちキョロキョロしていた。

「外!!　森林！！！　俺今自分で歩いてる!!　っかー最高!!　ご主人ご主人、ここめっちゃ森の恵み多いし、街で売れそうなやつは街で売ればいいんじゃね？」

「名案ね！　でも最近の事情知らないのに大丈夫？」

「大丈夫大丈夫、俺の分身、すでに一人森から出て、色々街の中調査してっから」

「そういうの事後報告やめて」

しかしラブボくんの提案はありがたいものだ。ずっと食事を用意してもらっているのも悪かったし、私も色々と収入がほしいところだった。

「よーし！　お昼の食材も売るためのアイテムも、手に入れるわよー！」

「おーっ！」

腕を振り上げる私とラブボくんの隣で、リオ様がぴたりと足を止めた。

「二人とも。あそこに……」

彼が指さす先には、足が生えた木がごそごそと移動していた。その枝には赤いつやつやとしたものがぶら下がっている。

「りんご……？」

「りんごの木だ」

リオ様は頷く。

「りんごの時期ではないのだが、あの木はどうやらいつでも実をつけているらしい。多分動きまわって日当たりの良い場所や水辺を探してうろうろしているからだろうと思うのだが」

「ラブボくんは知ってる？」

「えーっと、あれはトレントの一種っすね。りんごトレント」

「そのまんまの名前ね」

「だってトレントいっぱいいますから。ほら、その辺の木もだいたい全部トレント。たんぽぽ以外は大抵トレントっすよ」

「ええ……？　こんな森なのに……？」

私は周りを見回す。ただの鬱蒼《うっそう》とした広葉樹林の森にしか見えない。ラブボくんがリオ様を見る。

「剣で思いっきり切りつけてみたらどうっすか？　多分めっちゃ逃げるっすよ」

「そういえば薪を作ろうかと思って切ろうとしたら、枝が勝手にばさばさと落ちてきた事があったような」

「ぎゃはは、多分それ枝で見逃してくれ～って事だったんすよ」

「なるほどね……」

私は手のひらをかざし、りんごトレントに向かって指を指す。

「ロゼマリア殿？」

『焔よ』

ドシュッと飛ぶ火の矢。りんごトレントはこちらに気づき、ぎゃっといった様子で避ける。火の矢は奥の木に向かっていったが、その木も避ける。避ける避ける避ける。森に一直線の大通りができたところで、焔は自然に消えた。

「なるほど、確かに逃げてるわね！」

隣のリオ様が頷く。

「私は魔術が不得手なので試さなかったが、なるほど、ここまで動くとは！」

「ちょっとちょっと二人とも、感心してるのはいいけど、りんごトレント逃げちゃっていいの？」

「「あ」」

私たちは顔を見合わせ、急いでりんごトレントが逃げた方向へ向かう。

りんごトレントは手足を人間のように生やし、わさわさと森を猛ダッシュで逃げている。とても追いつけない。

「ごめんなさい、私のせいで！」

「かまわん、足を狙う！」

りんごトレントに標準を絞り、ぎりぎりと弓を引き絞るリオ様。

私は援護のため、火の矢をビュンビュン飛ばす！

「あれ、火力の調整がむずかし……」

次の瞬間、火力が強くなりすぎた火の矢がりんごトレントをそのままボッと炎上させた。

「きゃーっ！　消火！　消火！」

私は慌てて水魔術をかける。しかし今度は水がうまく出ない！

「えええ、なにこれ、魔術が、うまく、できな……！」

「落ち着けロゼマリア殿！　落ち着いて！　落ち着けばなんとか！」

慌てふためく私たちの隣で、ラブボくんがあーと言っている。

「そりゃご主人、精霊の森でその頭でっかちな魔術使ってもうまくいく訳ねえじゃねえっすか」

「頭でっかちな魔術!?　おおお表出なさい！」

「いや出てるし。空気中の魔力を消費しちゃうような頭でっかち魔術じゃあ、精霊たちが怒って手を貸してくれなくなるよ」

「あ……じゃ、じゃあ！　『お願い精霊さん！　ごめんなさい！　間違えて燃やしちゃったの！　りんごトレントさんを助けて！』」

次の瞬間。

勢いづいたようにブシャーッと水が手のひらから放出され、あっという間にりんごトレントをべしゃべしゃにした。なんとか大事に至る前に鎮火できたらしい。

りんごトレントはぷりぷりと怒って、焼けたリンゴを投げて去って行った。

頭にリンゴがあたる。

「熱っ！！！　あたた……失敗してしまったわ……」

私たちはしゅんと反省しながらりんごを拾い集める。いい感じに焼けたりんごだ。

拾いながら、ラブボくんがじっと考えた顔をする。

「なあ、リオっちはこれまでずっと狩りをしてたんすよね？」

「ああ。弓でりんごを射ていたのだが……なにか気になるか？」

「もしかしてそれ、採らせてくれたんじゃねえっすか？　ほら、リオっちが採るって事が、誰が食うか決まってんじゃん。獣だって、精霊たちが狩りしやすいように追い込んでくれてたのかもしれねえし？」

「……そんな、事が……」

リオ様が目を見開く。私は代わりに尋ねる。

「精霊の愛し子であるルイセ様の食事になるから、あえて取らせてたって事？」

「可能性はあるっすよ。ルイセっち古い魔道具になって普通の精霊とは少し変わっちまってる俺だって、一目見てすぐ『うっわ精霊の愛し子』ってわかったくらいだし、リアルな今を生きる精霊からしちゃあ、ねえ？」

「そうなのか……これまでずっと、許してくれていたのだな」

私は不思議な気持ちになりながら、遠くに去って行ったりんごトレントを見た。

森で兄弟が暮らせていたのは、森が二人を守っていたのかもしれない。

「あれも森の精霊なら、精霊として敬意を払わないと怒られるわよね」

「そうだな」

「ありがとー!! りんごトレントさーん!」

「感謝する! 食べたら感想を今度から伝えるぞ!!!」

私たちはりんごトレントの方向に全力でお礼を言い、コテージに戻って行った。

◇◇◇

お昼は焼きりんごの料理だ。

切り分けた焼きりんごに蜂蜜をかけた一品と、リゾットがルイセ様の食事。

サイコロ切りにした焼きりんごと肉を炒めたソテーは私とリオ様の食事だ。

「今日も危ない事、したんですか……?」

「大丈夫だよ、りんごはトレント――木に分けてもらったんだ」

「ルイセ様に食べてほしくてりんごを落としてくれたみたい。ささ、食べてみて」

ルイセ様はこくんと頷くと、少しずつ切り分けて食べる。

顔がぱっと明るくなった。言葉にはしないものの、美味しいというのがはっきりと顔に出ている。

食事後、部屋に戻ろうとしたルイセ様を私は思いきって呼び止めた。

「よかったら髪、梳かせてもらえないかしら？」

「髪……ですか？」

「ええ。体調不良も、髪を整えたら少し回復するかもしれないの」

私は自分の櫛を見せる。

「魔術師は男女ともに髪を長く伸ばすのだけど、それは魔力をたくさん体に貯蔵するためなの。栄養を貯めるラクダのこぶみたいなものね。そこが整うと疲れにくくなって、魔術も使いやすくなるの。本当は本人用に作った櫛が一番なのだけど……どう？」

「……髪を梳かす、くらいでしたら……」

少し躊躇いがちだったけれど、ルイセ様は断る理由も見つからなかったのだろう、私の提案に頷いてくれた。さっそくリビングルームのソファに並んで座って髪を梳かす。お尻につくほどに伸ばした長い髪は、まるで絹糸のようにひんやりとして美しい。

私たちの様子を見て、リオ様は頷くとキッチンに引っ込んだ。皿を洗う水の音が聞こえる。食器のかちゃかちゃという音と、木々のざわめきだけが聞こえる部屋で、髪を丁寧に梳かした。

「今度この森の木で櫛を作りましょう、きっと魔力が整いやすくなるわ」

リオ様が台所からどこかにいったタイミングで、ルイセ様が私を振り返った。

「ロゼマリアさま、お願いがあります」

「どうしたの？」

「やっぱり……どうか、ぼくたちを置いて出て行ってもらえませんか」

「なにか嫌な事をしてしまったかしら？」

「違うのです。兄さまが……このままでは、この森から離れられなくなります。ぼくは、兄さまに、これ以上、この森にいてほしくなくて」

震える声で伝えてくるルイセ様に、私は胸が苦しくなるのを感じた。色々と判明して喜んでいるリオ様の手前、自分の本心を口に出すのにどれだけの勇気を振り絞っているのか。丁寧に気持ちをくみ取ってあげる必要がある。私は穏やかに尋ねた。

「ここでの暮らしが嫌なの？」

「ぼくは、この森に残ります」

ずっと考えていたのだろう。彼の言葉ははっきりとしていた。

「たぶん、ぼくはこの森で一人でも生きていけます。ぼくは森で死んだという事にして、兄さまだけが故郷に戻れば、皆喜びます」

「……わかったわ」

ルイセ様がほっとした顔をする。すぐに私は「でも」と付け足した。

「私が出て行ったとしても、お兄さまと離れないであげて」

虚を突かれたように、ルイセ様の瞳が曇る。私は努めて穏やかに続けた。

「だってあんなにルイセ様のために一生懸命努力なさってきたのだもの。あなたから『一緒にいたくない』と言われたらとってもさみしいと思うわ」

ルイセ様は動揺していた。

当然だ。自分が離れれば兄は元の生活に戻れる、幸せになれると思っているから。

自己肯定感が低すぎて、周りに否定され続けて、ルイセ様は見失っている。

——自分が、リオ様にとって大切な弟である事を。

「でも……兄さまは……ぼくがいなかったら、騎士団にもいられて、幸せだったんです。精霊魔術の事も詳しいくらい、とっても頭が良くて、なんでもできて……」

「あなたのためだから頑張れたのよ。いくら頭がいい人だとしても、専門の学校で学んでいない人は、魔術師向けの難しい本は読めないものなのよ?」

ルイセ様が目を見張る。私は頷いてみせた。

リオ様は当たり前のように、私の書いた専門書を読み込んでいた。

普通なら魔術学園卒業の研究者レベルの書物を、あれだけ読み込むには独学でどれほど努力をしたのか、想像もできない。そもそもリオ様が熟読してくれていた専門書は、あくまで私的な研究として出した自費出版の書籍だ。数百部もないくらいの本を、隣国からどうやって手に入れてくれたのだろう。

私の専門家としての評価を耳にして、必死に探したのだろう。

それは全て、名を汚された両親の名誉回復のため、弟の未来のためなのだ。

「……でも……兄さまと一緒にいたら……兄さまのために……」

「私が出て行ってもルイセ様のもやもやとした気持ちは解決しないし、リオ様もあなたと離れたくないと思う。私が出て行った後は、リオ様のお気持ちとも、向き合ってみてほしいの」

「兄さまの……気持ち……」

「ええ。お願い」

リオ様は銀髪をぎゅっと握り、沈黙した。

しっかりと、彼なりに一生懸命考えている様子だった。

――きっと彼なら大丈夫。良い答えを見つけ出せるわ。

「私、櫛をしまって図書室に行くわ。用事があったらいつでも呼んでちょうだい」

一人にしてあげようと思い、私は席を立つ。

「ここにもっといたいのは山々だけど、子どもが嫌がるのに居座るのは迷惑よ」

私は気をつけなければ悪夢を再現してしまうかもしれない。注意一秒、ミス一生だ。そんな事を思いながら、ちょうど廊下を歩いているときだった。

ズズズズズ……

家を揺らすような、低い地響きが聞こえてきた。

外からリオ様の大声が聞こえた。

「りんごトレントがやってきたぞ！」

「り、りんごトレント⁉」

廊下から慌てて窓の外を見ると、群れをなしたりんごトレントが、こちらに向かって全速力でやってきていた。森の木々がサーッと道を空けるように左右に別れる。

どうやら見渡す限りの木々、だいたいどれもトレントだったらしい。

「あ、あれで許してくれた訳じゃなかったのね！」

リビングルームからルイセ様が血相を変えて飛び出してくる。

「な、なにがあったんですか⁉」

「さっきちょっと焦がしちゃったりんごトレントが怒ってきちゃったの！　ラブボくん！　ルイセ様を守ってて！」

「「「「「合点っす！」」」」」

どこからともなくやってきたラブボくん（五人）が、ルイセ様を抱っこしたりかばったりしながらリビングルームに入っていく。

一人のラブボくんを伴い、私は窓から外に飛び出した。

外ではリオ様が剣を構えてりんごトレントに対峙している。

「りんごトレント殿、先ほどは失礼した！　和解したい！　まずは話し合いの席を」

シュシュシュシュシュシュッ!!

問答無用とばかりにりんごが飛ぶ！　スパスパスパッと斬《き》るリオ様！

「お、お見事！」

切れたリンゴは全部ラブボくん（私についてるのとは別）が背負った籠《かご》にキャッチしている。私はりんごトレントに訴えた。

「先ほどは本当にごめんなさい！　お詫びに私ができる事なら何でもするわ！」

私の言葉に目を剝いたのは剣にりんごを五個ほど刺したリオ様だ。

「ロゼマリア殿！　迂闊《うかつ》な事を言うのは」

私はリオ様ににっこりと笑う。

「私はこの森を出て行くわ」

「なっ」

「その前に二人が安心して過ごせるように、私ができる事は全部やってから行きたいの。だってすっきりしないじゃない！」

「どうしてあなたは……あなたには、我々の事情なんて関係ないではないか」

「子どもと、その大切な保護者を守りたいと思うのは当然ではなくて？」

次の瞬間、トレントが私に向けてりんごを一斉にぶつけてくる！

私はガードを解き、仁王立ちでりんごに立ち向かった！

「ロゼマリア殿！」

リオ様の悲痛な声が聞こえる。私は親指を立てて微笑んだ。

「大丈夫よ！　死ぬ事以外はかすり傷、だわ！」

私は目を閉じ、全身に頑強魔術をかける。やはりかかりが不安定だ。

りんごトレントのりんごを全身で浴びたら魔力はどうなるのかしら？

研究者として気になるわ！

まあ、無事なら研究する事にしましょう！

一瞬のうちにそれほど考えていたところで、後ろから甲高《かんだか》い叫び声が聞こえた。

「やめてー！！！」

ルイセ様の声だ。

次の瞬間。地響きが嘘のように収まっていた。恐る恐る目を開くと、そこにはりんごを投げる瞬間のポーズで固まった大群のりんごトレントの姿があった。

「どういう……事なの？」

ルイセ様がコテージから飛び出してくる。ラブボくんたちが慌てた声をあげた。

「あっちょっ、ルイセっち！」

「お願い、りんごトレント！　兄さまもロゼマリアさまも悪くないんだ！　ぼくのために……ぼくが食べるためにやってくれたんだ！　怒るならぼく相手にして！」

「ルイセ、お前は……！」

慌てたふうにルイセ様に駆け寄るリオ様。ルイセ様はリオ様に構わず、深々とりんごトレントたちに頭を下げた。

「やりかたが間違っていてごめんなさい。なにも知らなかったんだ。これからは気をつけるよ。どうやったら、許してくれる？　みんなのりんごをゆずってくれる？　教えて……おねがいします！」

リオ様も私もラブボくんたちも、りんごトレントも、ルイセ様に圧倒されていた。

ルイセ様は頭を上げ、まっすぐにりんごトレントたちを見つめた。

ぞくぞくと興奮と畏敬《いけい》の鳥肌が立つ。ルイセ様の姿は神々しい。

長い銀髪が光を帯びてサラサラと風に揺れる。その姿はまさに。

「……精霊魔術師……」

どれほどの時間、私たちは圧倒されていただろうか。

りんごトレントたちが静かに近づいてくる。

反射的にリオ様と私でルイセ様をかばう。それでもルイセ様は臆《おく》せず立っている。

ぽとり、ぽとりと。一個一個、りんごがルイセ様の前に置かれていった。

「……食べて、いいの？」

りんごトレントたちは肯定するように、りんごをどんどん置いて去って行く。時々大きな枝を落として去って行く。枝でなにか作りなさいという意味かもしれない。

長い時間をかけて、りんごトレントたちは去って行った。

避けていた木々もがさがさと元の場所に戻っていく。

当たり前の森が、戻ってきた。

「……」

がくんと、ルイセ様の膝が崩れる。リオ様が即座に受け止めた。

「ルイセ！　ルイセよくやった、大丈夫か⁉」

ルイセ様はぐったりとして汗びっしょりだったが、とても満たされた表情をしていた。力が抜けたまま、ルイセ様はリオ様を見上げて尋ねた。

「……兄さま……ぼくは……王子として……少しは凛々しくできましたか……？」

「十分だ、十分だ……！」

ルイセ様の頬に、ぽたりぽたりとしずくが落ちる。

リオ様は泣いていた。何度も何度も、リオ様はルイセ様に頷いてみせた。

ラブボくんが近くで肩を寄せ合っている。彼らも泣いているようだった。

ルイセ様は、はっきりとリオ様を見て告げた。

「兄さま……ぼく、もっと強くなります。精霊魔術も学びます。兄さまと離れなくていいくらい……りっぱな王子になります。だから……もう少しだけ、大きくなるまで、甘えて……いいですか……？」

「もちろんだ。家族じゃないか」

「普通の弟じゃないけれど……許してくれますか……？」

「なにを言う。お前は私の弟、ルイセだ。かけがえのない、誇らしい立派な弟だ」

ルイセ様の目が潤んで、堰《せき》を切ったように泣き始めた。リオ様はルイセ様を抱き、強く、強く抱きしめた。二人の嗚咽《おえつ》が響く。温かな、優しい涙の声だった。

私は二人を邪魔しないように、ハンカチを噛みしめて無音で滂沱《ぼうだ》の涙を流していた。

そしてひとしきり泣いたあと、目を腫らしたルイセ様とリオ様が神妙な顔をして私にお願いしてきた。

「という訳で、ごめんなさい……もっと一緒にいてほしいです、ロゼマリアさま」

「私からも頼む。何卒《なにとぞ》、ルイセの家庭教師になってほしい」

「ぜんぜんオッケーよ～！」

私も泣き腫らした顔で両手でオッケーの○を作る。

「私もここで研究できたらハッピーだもの！　皆で楽しく暮らしましょうね！」

「ああ！」

「よろしくおねがいします！　ロゼマリアさま……いえ、……ロゼマリア先生！」

「俺らも忘れねえでくれっすよ～！」

「もちろんよ！」

泣き腫らしたひどい顔の私たちは、りんごの山に囲まれて笑い合って皆で手を重ねた。新しい生活のスタートを感じさせる一日だった。

◇◇◇

「きゃー！　こ、これ檎蜜石《アップルイト》入りのりんごだわ！！！　ま、魔石よ！」

――後日。

私はダイニングでりんごトレントがくれたりんごを切って中を確かめる作業をしていた。綺麗なりんごならコテージで消費して、魔力の弱いりんごは煮詰めてジャムにして、ラブボくんに街で売ってもらっていた。

りんごトレントのりんごは色鮮やかで、普通のジャムの作り方をしてもなぜかラメが入ったようにきらきらと輝いて都会で大人気らしい。

市場経済を壊さない程度に、私たちはこそこそとりんごジャムを売っていた。

私はりんごを切って、コテージ用とジャム用、そして檎蜜石入りとで分けていた。

檎蜜石とはりんごジュースのような透き通った色の魔石で、文献でしか見た事のない超希少な魔石だった。どう使えばいいのか慎重に判断する必要があるため、とりあえず分けて保管している。

「ロゼマリア殿、ジャムの冷却を頼めるか」

「わかったわ！」

呼ばれて台所に行くと、大鍋いっぱいの甘いジャムができあがっていた。たっぷりの砂糖を使って煮詰められたジャムの甘い匂いだけでお腹いっぱいになりそうだ。

『氷よ』

私は鍋に冷却魔術を直接かける。ぐるぐると混ぜていくと粗熱が取れていく。

「ご主人、瓶の浄化をお願いするっす！」

「おっけー！」

私は続いて隣の部屋に行き、ラブボくんたちがリボンを巻いて整えた瓶に浄化をかける。これで常温保存で数ヶ月は持つ。ふとテラスを見ると、ルイセ様がやってきたトレントから新しいりんごを受け取っていた。

「ありがとう、トレント一号。それにトレント二号も」

名付けたトレントたちに笑顔でお礼を言って、ルイセ様はぎゅーっと幹に抱きついている。トレントたちはハート型のりんごの実を置いて、スキップで去って行った。

「仲良くなったのね」

話しかけに行くと、ルイセ様ははにかんで頷く。

「ロゼマリア先生のおかげです。りんごトレントとの友好関係の築き方の本を見つけて、読んでくれたので」

「まさか名前をつけて毎日声をかけるだけで、あんなに懐いてくれるとはね」

例のトレント事件の後、私は図書室で片っ端から本を調べた。

その成果もあり、また一番はルイセ様のりんごトレントへの誠実な対応もあって、今ではりんごは狩りにいかずとも毎日持ってきてくれるようになった。

散歩をすると時々他の木もそわそわと、ルイセ様と接したそうにしている気がする。精霊魔術師としての第一歩を、ルイセ様は踏み出している。

ルイセ様はりんごを持って台所へ向かう。

新しいりんごをリオ様に見せて、二人でにこにこと笑い合っている。

「幸せね……」

一緒に鍋を覗き込み、次はルイセ様がりんごを煮詰めるようだ。

――あの日から、ルイセ様は目標ができた。

体を強くして、精霊魔術を操れるようになって国に帰る事。

リオ様の傍にいられるような、立派な王子になる事。

「ロゼマリア殿、昼食にしよう」

「はーい！」

呼ばれて私も室内へと戻る。

幸せそうに昼食の準備をする兄弟を見て、決意を新たにした。

「私は子どもを幸せにする良い大人になるわ。……しっかりと、家庭教師としても研究者としても、森で頑張っていくわよ！」

◇◇◇スノウ視点◇◇◇

――城の居住区、第一王女スノウの私室の一つにて。

彼女は人払いをして奥の部屋、カーテンに閉ざされた区画の前で青ざめていた。

短い黒髪を両手でかき乱し、ぶつぶつと呟きながらしゃがみ込む。

「嘘よ。嘘よ嘘よ嘘よ。……あの女が、まだ生きてるなんて、信じられない」

青ざめた彼女に、誰かの声が聞こえる。

『恐ろしいですね白雪姫。あの継母は、まだ森で幸福に生きているのですよ』

白雪姫と呼ばれたスノウは頭を抱えた。

孤独な彼女に話しかけるのは、その不思議な声だけだった。

# 第三章

Chapter 3

アザレアの花の咲き誇る、サイレンシア王国・王城の中庭にて。

第一王女スノウは婚約者候補と別れ、一人ガセボで溜息をついていた。

テーブルの上に並べられ、すっかり冷めたスイーツをかじりながら溜息をつく。

「……私の王子様は、どこにいるの」

バッドエンドから救ってくれる王子様と早く出会いたいが、まだ見つけられずにいた。

スノウは城の禁書庫に置かれた予言書と、その内容を思い返す。

予言書の中で、白雪姫は継母に城を追い出され、森で先住民とサバイバル生活を送った後に追ってきた継母に殺され、その後に王子のキスで目を覚ますのだ。

予言書はあくまで予言書で、悪夢はあくまで悪夢。そこに明確な関連はない。

継母に関しては相手――ロゼマリア・アンジューが悪夢を共有していたので話が早かった。

けれど王子に関しては、まったく見当がつかない。なにせ予言書の中には「王子」としか書かれておらず、悪夢の中では継母に殺されるばかりで、王子の記憶がまったくないのだ。

継母ロゼマリアを追い出したスノウは、生きるために早く「王子」を見つけたかった。

一国の一人娘なので毎日のように嫌でも見合いの場が設けられる。

けれど彼らの誰も、スノウにとっての王子様にはならなかった。

「早く出会わないと、継母に殺されてしまう。早くハッピーエンドを迎えないと……」

スノウは呟きながら、スコーンにジャムをつけてかじる。

甘い味に思わず毒気が抜かれて、思わずジャムを二度見した。

「……甘いわ。美味しい」

スコーンを割って、もう一度塗ってかじる。甘い。

固く作られたスコーンに、甘ったるいきらきらした半透明のジャムは良く似合った。

「ねえ、このジャムはなに?」

スノウは近くに立つメイドに尋ねる。まだ若いメイドはスノウとほぼ同世代だろう。

彼女は頬を染めて嬉しそうに答えた。

「はい。こちらは最近流行の菓子店に特別発注をかけました、特製アップルジャムです」

次の瞬間。スノウに微笑んだメイドが顔を真っ青に引きつらせた。

スノウが恐ろしい顔で睨んでいたからだ。

「クビよ。二度と私の前に顔を見せないで。……よくも、りんごを食べさせたものね」

「あ…………も、申し訳ございません！　先輩から、火を通して形を潰したりんごでしたらお召し上がりになると伺ったので、つい」

「なに？　先輩がそんな事を言っているの⁉　それって誰よ！」

立ち上がったスノウの血相を見て、周りの護衛やメイドが駆け寄ってくる。

詰め寄ろうとしたところでふわりと浮くような感覚がして、ばたりとスノウは庭に倒れる。

誰かが悲鳴をあげる。スノウは遠のく意識の中で思った。

なぜこれまでりんごを食べていた事に気づかなかったのか。

どれくらい既に口にしているのだろうか。

毒は、どれだけ食べたらおしまいになるのだろうか。

指先が冷たくなっていく。スノウは意識を手放した。

ただただ恐ろしかった。どんなに気をつけていても、網をすり抜けるようにして口に入ってくる、りんごという果実の悪魔が。

◇◇◇

リオ様がオーブンから天板を取り出すのを、私とルイセ様、ラブボくん（在宅）と一緒に見守る。

濃密で香ばしい焼けた甘い匂いが広がり、等間隔に並べられた一口アップルパイが熱々の姿を現した。

「わあ……!!」

目を輝かせるルイセ様。彼の後ろから天板を見守って生唾を飲む私。

すっげーと呟くラブボくん。

「リオ様とルイセ様が作ったやつ、そのまま売れそうなくらい完成度高いじゃん」

「そ、そう？」

ルイセ様がラブボくんの言葉に照れた様子を見せる。私はこくこくと頷いた。

「とっても綺麗！　綺麗に層ができているし、大きさも完璧！」

「ルイセは基本に忠実に作るからな。私も鼻が高い」

リオ様が天板を置いて一人分ずつお皿に盛り付けながら頷く。

私たちは、リオ様が捏ねて作ったパイシートをくりぬいてみんなでアップルパイを作ったのだ。

リオ様のアップルパイはさすがの色合い。リオ様に倣《なら》った通りに丁寧に作るルイセ様のアップルパイも、慎重に作ったので数は少ないけれど、どれもきちんとした膨らみ具合と出来映えで。ラブボくんも鏡だからか、料理未経験っすーなんて言いながらそれなりのできだ。

私の作ったアップルパイ？　聞かないで。

「そーだ、俺が買ってきた紅茶も淹れましょうよ、ご主人お湯沸かして」

「お、お湯を沸かすのは任せて！　一発よ！」

そんな感じでお茶とアップルパイを用意して、私たちはダイニングテーブルでいただく。

口に放り込むと、シャクシャクっ！　じゅわっ！　と熱い甘さが口の中でハーモニーを奏でる。

「んーっ甘ぁ……！」

頬を押さえて甘さに夢中になる私の正面で、ルイセ様が大事そうに切り分けて、もぐもぐと噛みしめるように食べている。

最初に出会った一ヶ月前より、ずっと顔色も肌つやも良くなった気がする。

「ルイセ、おかわりはたくさんあるからな」

「はい。兄さまもしっかり食べてくださいね？」

「もちろんだ」

隣でルイセ様を見守るリオ様はデレデレだ。その姿を見ているだけで幸せになる。アップルパイの美味しさも何十倍にもなるというものだ。

――りんごトレントと和解してから、ルイセ様は毎日りんごを食べて過ごしている。

精霊の愛し子は特に幼い頃は、人間と食べるものが少し違う。

肉は精霊から得た魔力を損なうのでなるべく食べずに味付け程度の最低限。

人間の土地で作った穀物も最低限に控えめに。そのかわりに蜂蜜やくだもの、精霊の森の恵みはどれだけとっても取りすぎという事はない。

現代魔術の使い手である私は肉を食べたら元気になるし、穀物大好き、甘い物もなんでも大好き。

食べ物そのもので魔力の強さが変わる事はない。けれど精霊魔術師や精霊の愛し子は違う。図書室

がなければ知らないままだった情報だ。

という訳でリオ様は、あれから毎日どんどんりんごのメニューを増やしている。

プロ級の腕前なのでジャムを売ってお金にし、日持ちのするお菓子を売ってお金にし、私たちの生活は何の不自由もない。大量に分裂したラブボくんがあちこちに散っては商売をして、ラブボくん同士で情報共有し、目立たず市場経済にヒビを入れないように、慎重に進めてくれている事にも助けられている。

調査の私！　お菓子作りのリオ様！　商売のラブボくん！

三人の保護者でルイセ様の健全な生活を支えている。

「最高の日々ね」

私たちの隣で、ラブボくんは特に上手に作れているものを一つ一つ包装している。

「ご贔屓のお店に試食で持っていくんすよ」

「商売熱心ね。あなたは食べなくていいの？」

「俺鏡の精霊っすからね～。甘い匂いと、ご主人がハッピーに過ごす事で体から放ってくれる幸せオーラだけで十分なんすよ」

にっこりと、ラブボくんは笑って言う。ふと、私は気になった事を尋ねる。

「そういえばラブボくん、森の精霊にとってルイセ様が孫みたいなもんなら、あなたにとってもそうなんじゃないの？」

「あー、それはねえっすね、超可愛いけど。だってほら、ルイセっちは精霊魔術師の素質があるママにその辺の世界の精霊がバーッと力を貸した感じだから孫って感じだけど、俺は物の精霊っすから。自然の連中とはなんつーか、微妙に自意識が違うんすよね～。鉄鉱石と包丁は違うって感じ？」

「なんとなく、わかるようなわからないような……」

皆で手分けして食器を片付けたところで、ルイセ様と私はテラスに向かう。

魔術の基本のお勉強を一緒にやるのだ。

ルイセ様はこれまで魔術にはほとんど触れてこなかったので、私が現代魔術も精霊魔術も一から教える事になっている。

「さて、今日は魔力についての話をしましょうか。魔力は体の中で血管の隣、魔力管というもので全身に行き渡っていて――」

図書室に置いてあった大人の身長ほどの黒板を運び、私はそこにガリガリとチョークで人体図を描き、そして教科書の内容を嚙み砕いて書いていく。

教科書は実家からラブボくんを通じて引き取ったので、ルイセ様の勉強用に流用したのだ。

真剣な眼差しで、私が使い込んだ教科書を開いてくれているルイセ様。

座学は短い時間で集中して、その後は体を動かして実践で教えていく予定だ。

勉強が嫌になったり、つまらない詰め込むだけのものになっては勿体ない。

なによりまだルイセ様は六歳！

勉強だけではなく、成長にはもっと大切な事がいっぱいあるのだ。ホムンクルス魔術学で学んだ子どもの発育過程についての知識が、こんなふうに役立つとは思わなかった。

「――という訳で、今日の座学はこれまで！　お疲れ様でした」

「お疲れ様でした。ありがとうございました、ロゼマリア先生！」

お互いに立ち上がって一礼。有意義な時間にほくほくしていたところ、教科書を閉じたルイセ様が耳に手を当ててあたりを見回した。

「ロゼマリア先生、なにか……聞こえません？」

「え？　そういえば、地響きのような……」

私も同じように耳に手を当てていると――突如、遠くのほうから突風が吹いてきた！

「ぎゃーっ！」

思わずルイセ様をかばって、私はノートをかき集め、黒板を押さえる。

「暴風雨だわ！　わ、私がこの森に入ったときの！　ルイセ様は中に！　屋内にすぐ入って！　リオ様かラブボくんを呼んで！　いやーっ！」

「ロゼマリアせんせー！」

私が風と雨に打たれて必死に黒板にしがみついていたら、突如暴風雨は止まる。

空はあいかわらずの晴れ。私とテラスだけが、思いっきり濡れている。

「ちーっす！　ただいま帰ったっすよ～！」

のんきなラブボくんの声。見ると、目の前には巨大な塊がそびえ立っていた。

その上からラブボくんの声が聞こえる。

逆光を浴びて黒々とした塊を、目を凝らしてよく見る。

もふもふで、ふかふかで、へっへっへっへっへっへと、人懐っこい荒い息を漏らしている。

「……犬？」

「ビッグチャウチャウっす！」

「ビッグ……チャウチャウ⁉」

ラブボくんはラブボくん五人分くらいの全長の犬から飛び、私の前にしゅたっと降りる。

パリン。鏡が割れる音がして、ラブボくんが目の前で三人に増えた。

「ちょっと増えすぎよ。一旦減って」

「「「はーい」」」

という訳で三人は肩を組んで一人になり、改めて私にその大きな犬を紹介した。

「ビッグチャウチャウっす」

「ビッグ……ビッグな……チャウチャウ……なのね？」

「森の中に小高い丘があるな～と思ってたら、そこが全部ビッグチャウチャウの塊だったんすよね。だから適当な骨やら余った肉やら投げてやってたら、いつの間にか懐かれたっす」

「む……無害なの？」

「こんな人懐っこい顔して、害獣な訳ねえっしょ～。ほら骨っすよ～！」

ラブボくんが骨を取り出すと、思いっきり勢いをつけてビッグチャウチャウに投げる。

わふっわふっと、ビッグチャウチャウは骨を受け止めて嬉しそうにかじった。

尻尾がぶるぶると揺れる。その勢いで、ゴッ！！！　とものすごい突風が私を転がした。

「ぎゃーっ！」

「ご、ご主人！　あーあハイヒールなんてバランス悪いもん履いてっから」

「そういう問題!?」

ビッグチャウチャウは尻尾をぶんぶんと回しながら骨にがっつき、続いてラブボくんに頭を撫でてほしそうにきゅーんきゅーんと頭を向けてくる。

可愛いのだけど、でかい。風圧でコテージが壊れないのが不思議なくらいだ。多分これも精霊魔術製のコテージだからびくともしないのだろう、多分。

「あの、ビッグチャウチャウの尻尾の風と水分……なんとかできる？　というか水分それ、なに？」

「よだれ」

「よ、よだれ！　なんかぬめっとすると思ったら！　ちょ、ちょっと止めさせて！」

「そう言われてもわかんねーっすよ。骨やったら喜ぶくらいしか知らねえし。てか、こんなときこそ図書室の知識じゃね？」

「確かに！　ちょ、ちょっと図書室に……」

ナイスタイミングで、ルイセ様が室内からガラス窓越しに本のページを開いてこちらに示してくれる。室内にいる別のラブボくんと一緒に古代文字を読んで調べてくれたのだ。

ナイス！　最高！　天才！

「ええと……やっぱり精霊魔術師の力が必要なのね！　了解よ！」

私は一度室内に入り、ルイセ様に風の防御壁を構築する。

「い……行ってきます！」

ルイセ様が外に飛び出すと、ビッグチャウチャウは大喜びで尻尾をぶんぶん振り回す。

防御壁がなんとかルイセ様を守っているものの、体重が軽いので飛ばされそうになる。

「ふんぬ！」

私が後ろから支える。もはやここまで濡れてぼろぼろになると防御壁はどうでもいいので、私は歯を食いしばって風とよだれ水に耐えた。支えるルイセ様の細い肩がこわばっている。緊張しているのだ。

私は背中をさする。ルイセ様が、うんと小さく頷いた。

『ビッグチャウチャウ、我、ルイセージュ・ティラスの名を聞け、我が名の下で使役されよ……！』

「わうわうっ！」

すごい声量で甲高く鳴いた、次の瞬間。私とルイセ様はぱくっと咥えられていた。

「わっ……！」

「ルイセ様ーッ！」

青ざめるルイセ様を必死で腕に抱きしめ、私は深呼吸をする。ビッグチャウチャウが友好的なのは間違いない。

コテージから状況に気づいたリオ様と、その他何人ものラブボくんたちが集まってきた。

リオ様が剣を抜く。私は叫んで止めた。

「やめて！　刺激しないで！」

「しかし……！」

「大丈夫だから！　ちょっと、信じて……！」

ビッグチャウチャウは私たちをぽいっと宙に投げると、尻尾を振ってまた咥える。そしてまた宙に投げる。私は四投目で気絶して、五投目で我に返って冷静になった。

「おちついて、私、なんとか、絶対、理由があるのよ……！」

腕の中のルイセ様は気絶している。私はぎゅっと抱きしめた。防御壁は効いているしルイセ様には絶対怪我をさせない。でも、怖い思いをさせてごめんねと思う。

「ごしゅじーん！　多分、そいつ、めっちゃ喜んでるだけっすー！」

「よろ、こん、でるっのーッ⁉」

揺さぶられ声を途切れさせながら尋ねる私。ラブボくんたちが頷いた。

「精霊魔術師に声をかけられて、大喜びなんすよ、そいつ！」

「だってめちゃくちゃ楽しそうな顔してる！」

「世代的にまだ使役されたことねー犬だから、人間の扱い方知らねーんすよ！」

「な、なるほどねー！」

私は必死に考える。どうやったら、この状況を穏便に解消できるのか。

――どんなときに、精霊は言う事を聞いてくれるのか。そして聞いてくれないのか。

「そうだわ‼」

私が思いついた瞬間、高く、高く空中に飛ばされる。

無重力の感覚。下から私たちを待ち受ける、ビッグチャウチャウの可愛い顔。

「……待って！　ほら！　この子の顔見て！！！！！！」

駄目で元々、なんとかなれ……よッッ！

そんな気持ちでルイセ様の顔を見せた。恐怖のあまり気絶した顔を。

次の瞬間、みるみるとビッグチャウチャウの表情が変わる。

――やった！　気づいてくれたみたい！

ルイセ様と遊びたくて咥えて飛ばしてる。なら、その遊んでる相手がぐったりしていると気づいたらどうするだろう。当然、犬だってしまったと思うはずなのだ！

人間だってダンゴムシつっついていてぐったりしたら、しまったと思うのだし。

ひゅうう。落ちていく私たち。慌てて私は大地に手のひらを向ける。

『風よ！』

風魔術でふわっと軟着陸。ビッグチャウチャウはきゅーんと言いながら、私たちの前に伏せる。

そしてルイセ様をふんふんと馬鹿でかい黒い鼻先で嗅いだ。

「あ……」

ルイセ様が目を覚ます。そして犬の顔にぎょっとして、私に反射的にすがりつく。

私は背中を撫でて宥めながら言った。

「ごめんなさい。どうやら私が勘違いして、間違った使役方法を教えちゃってたみたい」

「どういう……事……ですか？」

「精霊魔術は呪文の魔術ではない。その基本を忘れていたわ。ルイセ様の本来の言葉ではない、古代語をそのままなぞってもルイセ様の言葉にはならない。精霊にかける言葉は、あくまで気持ちを伝えるためのもの」

私はルイセ様の髪を撫で、ビッグチャウチャウを見た。

「仲良くなりたい、一緒に遊ぼう、でも尻尾を振ると風圧で吹き飛んじゃうからやめてね。そんな事を、ルイセ様の言葉でお願いするの」

「ぼくの言葉で……ですか？」

私は頷いてみせる。

ルイセ様はビッグチャウチャウを見上げると、深呼吸をしたのち、こわごわと手のひらを上にして、右手を差し出した。

「怖かったよ。もっと、そっと触ってくれないかな。……ぼくは、きみと仲良くなりたいんだ」

ビッグチャウチャウは顔に喜色を浮かべると、そーっと鼻先をルイセ様の手に擦り付ける。しばらくした後、大きな舌でゆっくりとべろべろ嘗め出した。

「わっ……た、食べないでよ？」

きゅーんと、喉の奥で声がする。

ルイセ様は噴き出すように笑って、私を振り返った。

「この子、反省したみたいです」

その顔には先ほどまでの怖れがなくて、私はほっとする。

「おーい、ご主人！　ルイセっち！　無事みたいっすね！」

ラブボくんたちが私たちのもとにやってくる。ビッグチャウチャウはラブボくんもベロベロと嘗める。成人男性姿の精霊相手だからか遠慮なしによだれべちゃべちゃにしてごろごろと転がす。

「あひゃー」

転がるラブボくんたちの向こうからさらに、ビッグチャウチャウを警戒するような体勢で恐る恐るリオ様もやってきた。

「大丈夫か」

「ごめんなさい、ルイセ様を危険な目に遭わせてしまって」

私の言葉にルイセ様がすぐに振り返る。

「危険な目なんて思ってません。楽しいです。だから……」

「わかってる。ロゼマリア殿を怒ったりはしないさ」

リオ様がルイセ様の頭を撫でると、ルイセ様はほっとした様子を見せる。

ルイセ様はすっかり他のラブボくんと一緒にビッグチャウチャウと大はしゃぎしまくっている。

先ほどみたいな無茶な遊び方はせずに、前足で転がされたり、背中によじ登らせてもらったりしているみたいだ。

「よかった……あんなに屈託なく笑って転がってるルイセは初めて見た」

「ビッグチャウチャウ、すっかりルイセ様のわんこになったわね。……ふふ、髪の毛もワンピースもぐちゃぐちゃね。外遊び用の服、用意してあげたいわ」

「そうだな。まあ……あの子が着られるなら、なるべくそろそろ男児の服で見繕ってやりたいが……まずは女児服でもいいから、もっと活動的にしてやりたいな。……あ」

「ん？」

ふと視線を感じてリオ様を見ると、彼は私に視線を向けたまま硬直していた。

そしてハッと我に返ると顔を背け、慌ててエプロンを脱いで私に渡した。

「リオ様？」

「そ、その……服がべちゃべちゃだ。見てしまってすまない。すぐに風呂に入ったほうがいい」

耳を赤くして、そのままリオ様は去って行く。私はよだれでベタベタの前髪をかき上げながら、はて？　と暇そうにしているラブボくんを見た。

「べちゃべちゃの姿、これまでも見てるのに一体どうしたのかしら？」

「泥じゃなくて水だし、濡れて透けてるし。だから気を遣ってくれたんじゃねえっすか？　俺精霊だからよくわかんないけど」

「なるほどねえ、紳士だわ」

研究室ですっぴんで床で寝ている生活をしていたので、その辺の男心に頓着がない。私は彼の配慮に感心しながらありがたくエプロンをつけた。

◇◇◇

私がお風呂から上がるのと交代で全身ぐちゃぐちゃぐちゃになったルイセ様とラブボくんたちがぞろぞろと一緒にお風呂に入っていく。

私はリオ様のいるキッチンへと戻った。

「さっきはエプロンありがとう。着替えたわ」

「あ、っ……ああ、その、うん」

リオ様らしくもない態度で咳払いしつつ、彼は話題を変えた。

「ルイセは？」

「ラブボくんたちとお風呂よ」

「そうか」

キッチンは昼食のいい匂いが漂っている。

ラブボくんがりんごスイーツを売ったお金で乳製品と小麦粉、野菜とパンとチーズ、卵といった食料品をたくさん買ってきてくれていた。精霊魔術の食料庫は冷やしたり凍らせたりできて、長期保存可能なのでとってもありがたい。

「あら、今日のお昼はバスケット？」

「ああ。天気もいいし外で食べてもいいだろう。ビッグチャウチャウと一緒にな」

リオ様はバスケットを開いて見せた。

中には見事なサンドイッチが並んでいる。

耳をあえてそのままにした四等分の食パンの間に、新鮮な葉物野菜や卵やハムが挟まっている。

ルイセ様用のバスケットには葉物野菜と卵の普通のサンドイッチと、香ばしいペースト状のなにかと短冊切りのりんごが綺麗に収められていたサンドイッチが並んでいた。

「りんごはわかるけれど……これは？」

「芋だ。今朝、素振りをしていたらサツマイモが茎ごと足を生やして歩いてきてな。ルイセに食べてほしくてやってきたんだろうと思って、ふかして潰して蜂蜜を混ぜて、甘味にしてみたんだ」

「うう、聞いているだけでも美味しそう」

「ふふ。そう言うと思って、みんなのおやつにサツマイモのパンケーキも作ってみたよ」

「か、完璧すぎるわ……」

「騎士時代から料理は好きだったからな。よく部下たちにもおやつを作っていた」

リオ様の部隊の騎士たちは今頃、彼のスイーツ欠乏症になっているのではないだろうか。私は哀れに思いつつ、美味しい食事にありつける幸福に手を合わせて神に感謝する。

「戻りました、兄さま！」

さっぱりしたルイセ様がラブボくんたちを引き連れて戻ってくる。

髪は活動的なツインテールにして、服も彼のワードローブの中では比較的シンプルなブラウスとジャンパースカートだ。

「おっ、バスケットじゃん？　ピクニックすんの、リオっち」

「あいかわらずめっちゃ綺麗だし、あっなにこれ？　りんごと一緒に入ってるやつ」

私と同じ反応をするラブボくんたちに、私とリオ様は顔を見合わせてクスッと笑った。

リオ様がエプロンを取り、バスケットを持って言った。

「外で食べよう。ビッグチャウチャウも、ちゃんと言う事を聞くようになったんだろう？」

「はい！」

ルイセ様がバスケットを受け取って頷く。その元気な声に、私も嬉しくなった。

◇◇◇

食事は最高だった。

伏せてくれたビッグチャウチャウの小高い丘の上に登って昼食にできたからだ。

ビッグチャウチャウは登りやすいように背中を低くして前足を伸ばしてくれ、登り終えたところで背中を平たく伏せてくれた。

ふかふかの毛の上にシートを敷いて、青空の下でいただくピクニックバスケットは最高だった。最高以外の何物でもない。

「ふかふかだね、……兄さま」

「そうだな」

ルイセ様は事あるごとにビッグチャウチャウの背中を撫でては、「いい子だね」とか「ふせが上手だよ」と声をかけていた。その気遣いはもしかして、お兄さんであるリオ様がいつもしている声かけに倣ったものかもしれない。

「風も心地よいわね。森が一望できるわ」

私はあたりをぐるっと見回す。

小高いビッグチャウチャウの丘の上からは、精霊の森を遠くまで見渡す事ができた。遙か遠くに城が見えるのを期待したけれど、やはり遠すぎて見えない。

「ラブボくん、見える？」

「見えねえっす」

「精霊なのに？」

「視力自体は人間とあんま変わらねえっすよ。感覚として場所はわかるけど。ほら、あっちのほう」

「見えないわ」

「っすよねえ」

私とラブボくんが話しているところに、ルイセ様が躊躇いがちに声をかけてきた。

「……ラブボさん。ぼくの国は、ぼくの……城は、見えますか」

「ティラス王国の城？　確かにうちの国の城よりそっちのほうが見えやすいかもっすね」

サイレンシア王国の城とは逆方向に、ラブボくんは目元に手をかざして目を凝らす。

「うーん、目では見えねえけど、あっちっすね」

ラブボくんが指さす。その先には私の目には、遠くに薄く見える山々しか見えない。

山と森の間のどこかに、王子二人の帰る場所があるのだ。

複雑そうな、切なそうな眼差しで、ルイセ様はそちらを見ていた。

「兄さまの事を待っている人たちが、あそこには」

「その話はやめなさい。私はいつ帰ってもいいんだ」

ルイセ様の肩をリオ様が叩く。ルイセ様はまだ浮かない顔をしている。

「そもそも一介の騎士一人が休暇に出たくらいでどうにかなる騎士団な訳がないだろう。騎士団は皆歯車、一人が欠けたらその穴を埋める事くらいできないでどうする。日々負傷者や退職者、異動者がいるような世界だぞ」

「でも……」

「私も休みたいんだ、お前と一緒に水入らずの時間があってもいいだろう」

リオ様は、ルイセ様に微笑みかけた。

「帰るときは一緒だ。騎士団の仲間たちに、お前を紹介したい。きっと皆喜ぶぞ」

「でも、ぼくは……」

「お前が思っている以上に、皆はお前を大事に思っているよ。……大丈夫。だから私も、お前と一緒にこの森に来れたんだ」

「兄さま……」

ビッグチャウチャウがふわわとあくびをする。

背中が斜めに傾いて、みんなで慌ててバランスを整えた。

「ビッグチャウチャウが飽きてしまう前に食べてしまおう、お腹が空いただろう、ルイセ」

「そうですね」

輪を作ってバスケットの蓋を開くと、色とりどりのサンドイッチとパンケーキが花畑のように広がる。私たちは顔を見合わせ、微笑み合った。ルイセ様もはにかんでくれた。

「さあ、いただきましょう」

「そうだな」

二人は揃って頷き合い、指を組んで祈りを捧げた。

「いただきます」

サンドイッチはお野菜とハムのものも絶妙な味わいだった。

ほどよくパリパリに焼き色を入れた食パンと、内側のシャキシャキ感とオリーブオイルの香り、そしてハムのもつしょっぱさと味わいを大事にしたお味は格別だ。

パリパリ、シャクシャク！　な野菜ハムサンドとは対照的に、卵サンドはあえてふかふかに柔らかく作ってあり、中は酸味が強めのドレッシングで調《ととの》えられていた。

「美味しいわ、最高ね」

私が一口食べるごとに賛辞を口にするものだから、リオ様が最終的には苦笑いしかできなくなっていた。ルイセ様が肘でリオ様をつっつく。

「兄さま。照れて黙るのは失礼ですよ」

「……憧れだったロゼマリア殿にここまで大絶賛されると、気恥ずかしい」

「だそうですよ、ロゼマリア先生」

「美味しいからつい美味しいって言っちゃうんだもの、ね？　ルイセ様」

「はい。兄さまのお料理、ぼくも大好きです」

リオ様が目を細めて、嬉しそうにルイセ様を見る。その二人の様子に私はさらに昼食が美味しくなるのを感じた。眼福というものである。

食後、私たちはシートをたたんでビッグチャウチャウの背に寝そべった。

犬の温かな体温と規則的で穏やかな呼吸。広い空。空を駆ける四本足の小鳥。

遠くから聞こえる、他のビッグチャウチャウの鳴き声。獣の鳴き声。

——平和だった。あまりにも。

「……幸せ……」

「おなかいっぱいです……」

「私もだ……うん……少し……眠くなってきたな……」

「兄さま、朝からお料理……しっぱなし……でしたもんね……」

「寝ましょう……か……」

口々に呟く私たちの声が、だんだん揃ってぼやけた口調になっていく。

ふわふわとしたビッグチャウチャウの呼吸に合わせ、私はそのまま意識を手放した。

昼寝なんて、いつぶりだろうか。

——そうだ。昼間から悪夢を見て嫌な気持ちにならないように、私は昼間は寝ないようにしていたのだ、研究で徹夜が続いた時以外は。


——あんたなんか！　年老いた私を馬鹿にしているのでしょう⁉

——やめて、やめて、……痛いよ……っ！

——どうせ私は年増よっ……一番美しい時代は終わったのよ……これからは、あんたが……全てを手に入れて……！　私はあなたの世話係でしかなくて……！

——ごめんなさい、ごめんなさい……おかあさま、……っ！


夢の中、私は誰かの髪を摑んでいた。

子どもが目の前で泣きじゃくっている。

真っ白な頰を叩かれて赤く腫らして、私に髪を鷲摑まれてしゃがみ込んで泣いている。

ひゅっと、息を吞む。

ばくばくと心臓が跳ね、生々しい子どものすすり泣く声が、私を苛んだ。

『あーあ、やっちゃった』

どこからか、くつくつと笑う声がする。

私は深呼吸をして、跳ねる心臓を押さえる。

違う。ロゼマリア・アンジューはこんな事をしない！

「私は子どもを虐める大人にはならない。もしなっていたのだとしたら、反省して謝って、やり直す。私は子どもを守るの。それが、ロゼマリア・アンジューよ！」

ぎゅっと子どもを抱きしめる。そして摑んでいた髪を離し、頭を撫でて慰めた。

「怖かったわね。大丈夫よ。本当にごめんなさい。……私が悪かったら何でも言って。……ロゼマリア《わたし》は、あなたの敵には絶対にならないから……」

子どもの泣き声が止まる。

遠く頭上で、私を見下ろした誰かの呟きが聞こえた気がした。

『……やりますね。……自分で呪いを解こうとするなんて、ね……』

気がつけば、私はなにかあたたかなものに包まれていた。

頭を撫でられ、穏やかな気持ちになる。夢が溶けていく。

——温かくて心地よい。

具体的に言うと——毛布に包まれ、さらに腕の中にも抱き枕があるような、そんな最高の心地だった。

毛布が身じろぎする。腕の中の抱き枕も動いた気がする。

目を覚ますと、目の前にリオ様の寝顔があった。

「わあ」

びっくりする。どうやらリオ様と私は向かい合うように転がって寝ていたらしい。

私が驚いてもリオ様は特に目覚める様子はない。リオ様が上にした側の腕が、私の肩にかかっている。どうやらこの手が「あったかな毛布」の夢を見た理由のようだ。

「なるほど、これが夢の正体ね。という事は……」

腕の中を見ると、そこにはルイセ様が入っていた。

どうやらルイセ様を抱きしめた私を、リオ様が上から抱き寄せているような状況らしい。

ルイセ様の髪を掴んではいないか心配になったが、右手はルイセ様の髪を優しく撫でていてほっとした。左手がビッグチャウチャウの毛を握りしめている。多分子どもの髪を掴んでいた部分はここが原因だろう。

まだうつろなままぼんやりと目の前の光景を眺めていると、上から声が聞こえる。

「あ、目を覚ましたんすね、ご主人」

逆光で見下ろしてくるのはラブボくんだった。私は寝ぼけたまま尋ねた。

「……あなた、私になにか話しかけてた……?」

「別に？　俺はここで犬のブラッシングしてただけっすよ」

そう言ってラブボくんはブラシを持った手を見せてくる。そこにはウィッグ一つ分にもなりかねない量のビッグチャウチャウの抜け毛があった。

「そ、それはすごいわね……」

「本で読んだんすけど、ビッグチャウチャウの毛って超優秀な毛糸の素材になるらしいっすよ。コテージには糸巻きもあったし、毛糸作ってもいいかなって思って。面白くね？」

「面白いわ！　私もやっていいかしら？」

「もっちろーん」

私は二人を起こさないようにそろそろと身を起こそうとする。

そのとき風向きが変わり、ラブボくんの持つビッグチャウチャウの毛の一部が顔にまともに飛んできた。

「あっご主人！」

「ぶっ……ごほごほ！　ごほごほ！！！」

思わず反射的にむせる。

すると熟睡していた彫刻、もといリオ様がぱちりと目を覚ました。

「大丈夫か、ロゼマリア殿！」

「ああ大丈夫よ。ごほごほ……」

毛が鼻と喉にまともに入って、苦しい。ラブボくんに背中をさすられながらなんとか吐き出すと、覚醒したリオ様が狐につままれたような顔でキョロキョロしている。

「あの、この状況は……？　私は、一体……寝て……？」

「私たち気持ちよくて寝ちゃってたみたい。ふふ、ほらルイセ様はまだ眠っているわ」

「……私の、この手は？　あなたの肩に、かかっていたような……」

「そうみたいねえ。ふふ、あったかい毛布の夢見ちゃったわ」

「ーーッ！！！！！」

答えると、次の瞬間、見る間にリオ様が顔を真っ赤にして、そして青ざめていく。

「すすすすまない！！！」

「えっ!?　リ、リオ様!?」

「と、隣でそんな、はしたない事を、私は、その……ああ、許してくれ！！！」

真っ青になりながら四つん這いに似た姿勢で頭を下げ、リオ様は思いっきり後ずさる。

背後に青空が見えて、私はあっと言った。

「リオ様、それ以上後ずさるとビッグチャウチャウの背中の角度が」

「えっあっ!?　あーっっ！！！」

時既に遅し。そしてビッグチャウチャウから滑り落ちていった。

「ああああああああ」

叫び声がだんだん小さくなっていく。

「リ、リオ様ー‼」

ビッグチャウチャウが気を利かせて、尻尾で受け止めてブンッと上まで振ってくれる。

次は空を飛んで、リオ様がこちらにダイブしてきた。

ぼふん、ぼふ、もふ……

クッション性の高い背中で何度かバウンドし、リオ様はうつ伏せのまま静止した。

「ぶはっ‼」

「だ、大丈夫⁉」

「私はいいんだ、その……その、すまない」

「兄さま？　どうしたんですか？」

私の隣でルイセ様が身を起こす。今の騒ぎで目覚めたらしい。

「あ、ええと、兄は無実だ！　不可抗力だ！」

「兄さま……？」

怪訝な顔をするルイセ様。足下がぐらっと揺れた。ラブボくんが言う。

「やっべ、おとなしくしてるのにビッグチャウチャウが飽きたっぽい」

「えっ⁉　ま、まって、早く降りなくちゃ」

揺れるふわふわの足下に、反射的にルイセ様を抱き寄せる。

リオ様がさらにその上から私たちに覆いかぶさる。

次の瞬間、ぶるぶるっとしたビッグチャウチャウの身震いに私たちは飛ばされた。

「わーっ！　受け身！　受け身魔術！　えーっと風……！」

「っ……ぼくに任せてください！」

そのとき、ルイセ様が息を吸って叫ぶ。

「風の精霊よ！　ぼくたちを守って‼」

次の瞬間。どどどどとあちこちから地響きが聞こえたと同時。

四方の地表が蠢《うごめ》いて隆起し、こちらにどどどどと近づいてくる。

「山⁉」

「いいや、毛玉だ！」

「あれは全部……ビッグチャウチャウ⁉」

「ッ……落ちるぞ、みんな体を寄せ合え……！！！」

ぎゅうっとくっつく私たちは、そのまま自由落下してビッグチャウチャウたちの群れの中にぼよんぼよんと落ちていった。

四方からはっはっはという吐息と、青黒い舌でベロンベロンされる。

一番べろべろされているのはもちろん、私たちを包んでくれているリオ様だ。

「う、うわーっ！」

「リオ様ーッ！」

腕の中のルイセ様をかばって叫ぶ。リオ様がさらに叫んだ。

「おまえたち、おとなしくしなさい！　伏せて！」

凜々しい命令。言う事を聞いてくれるかと思いきや——構われて嬉しいのか、さらにはっはっはっはっとベロベロ舐めてくる。

「うわーっ！！！」

私たち——主にリオ様は被害甚大で、みんなビッグチャウチャウたちの気がすむまで唾液でべたべたになるまで舐められた。


——小一時間後。

ビッグチャウチャウたちは遊び疲れてコテージの前でお昼寝を始めたので、私たちはよろよろとコテージ内に入った。

「ふふ、またお風呂入らなきゃね」

「べたべたで大変だが、まあいい経験だった」

「二人とも……前向きですね……お風呂わかしますね」

べとべとでひどい有様《ありさま》になって笑うしかないリオ様と私を見て、心配するような呆れるような顔をするルイセ様。

「ありがとう、ルイセ様」

ふと、私は人が足りない事に気づく。

「そういえばラブボくんは？」

「「「「「「ここにいるっすよー」」」」」」

外から聞こえる大量のラブボくんの声。

見ると窓の外には五十人ほどのラブボくんがいた。代表のラブボくんが声を張り上げる。

「ちょっと俺らめっちゃバリバリに割れちゃって増えすぎたんで、くっついて人数減らしてから戻るっすー！」

「お、お疲れ様ー！」

「ビッグチャウチャウに割られたのか……」

「タフね……」

ラブボくんやビッグチャウチャウを見ていたルイセ様が、私に視線を向けて言う。

「ロゼマリア先生。ぼく、やってみたい事があるので、ラブボさんを一人お借りしてもいいですか？」

「いいわよ。おーい！　ラブボくーん！　一人ルイセ様についてってあげてー！」

「うぃーっす」

「でもなにをするのだルイセ」

リオ様が話しかける。

「危ない事はするなよ」

「大丈夫です。調べ物をしたいんです、図書室で」

ラブボくんがやってくると、ルイセ様は彼と一緒に図書室へと向かっていった。

急いでいるような感じがする。

「なにが……あったのかしら？」

「なにかあったんだろうな……」

リオ様と私は顔を見合わせる。リオ様がはっと目を背けた。

「ロゼマリア殿、風呂はあなたが入ってくれ、私はいいから」

「えっ？　でもよだれで髪の毛モヒカンみたいになって大変そうよ」

「いいいいいから！　私は行水が好きだ、そうだ、表で水を浴びてくる。だからいいんだ、なっ、さあ、早く行ってきてくれ」

「？　では遠慮なく……ありがとう、リオ様」

リオ様が挙動不審なのは気になるけれど、変に深く問い詰めるのも野暮《やぼ》だろう。私はお礼を言ってお風呂へと向かった。

◇◇◇

お風呂でさっぱりして戻ると、同じく身を清めたリオ様が真顔で台所でお茶を沸かしていた。やはり行水で済ませたらしい。

ルイセ様は本を持ってテラスにいたので、私とリオ様はお茶を淹れてそちらに行く。

コテージの前ではビッグチャウチャウたちが文字通り転がってぼんやりとしていた。

ひなたぼっこが気持ちいいのだろう、おへそを上に向けて寝っ転がってるビッグチャウチャウに、横にぺちゃっと転がってるビッグチャウチャウに、二匹くっついて団子になっているビッグチャウチャウに、実に微笑ましい光景だった。

数人に減ったラブボくんたちが私たちを見てやってくる。

「お疲れ様、把握しやすい人数に減らせたみたいね」

「いや〜、ほんと踏み潰されると粉々で大変っすよ」

「気になっていたのだけれど、壊されても平気なの？　魔力が減ったり、能力が弱くなったり、痛かったりするようなデメリットってないの？」

「道具として大事にされねえ割れ方ならそりゃーちょっとはテンション下るっすけど、普通に過ごしてて割れるくらいなら全然っすよー。くっつけたら元に戻るし痛くねえし」

「便利ねえ」

古代の精霊魔術の技術はすごい。

隣で、ルイセ様が深呼吸をしていた。

「大丈夫？」

私は細い背中を撫でる。案じるように、リオ様が声をかけてきた。

「ルイセ。お前がなにをするのか聞いてもいいか？」

「ビッグチャウチャウたちと、契約を結べたらなって思って」

ルイセ様は彼らをじっと見上げた。

「……風の精霊ですよね、彼らは」

「そうね。きっとそうだわ」

私は先ほどの光景を思い出す。ルイセ様が風の精霊を呼んだら来たのだ。

ルイセ様に付き添っていたラブボくんが、ルイセ様に本のページを見せてあげる。

「じゃあ、俺が読むから復唱するっすよ」

「うん、お願い」

ラブボくんが息を吸い、呪文のような音楽のような、不思議な言葉を続ける。

ルイセ様がそれを真似する。ビッグチャウチャウたちがこちらを見た。

注目を浴びたルイセ様の髪が淡く輝いている。

ビッグチャウチャウたちはその光に魅せられているようだった。

ラブボくんが囁いた。

「……さ、ここからはルイセっちの言葉っすよ」

ルイセ様は強く頷き一旦言葉を切る。

そして私たちにもわかる言葉で、ビッグチャウチャウに告げた。

「風の精霊よ、ビッグチャウチャウのみんな。この世界では、もう精霊と仲良くしている精霊魔術師はいないんだ。……ぼくは、精霊の愛し子として、みんなと仲良くしたい。皆の力を借りて、兄さまやロゼマリア先生の力になりたい。どうか……力を、貸して」

ビッグチャウチャウたちが整列して、右から順番にわう、わう、と鳴く。

彼らの首に銀色の首輪が構築されていく。ルイセ様の髪色と同じ首輪だ。

全員に首輪が行き渡る。ルイセ様はほっと肩の力を抜いた。

「ありがとう。……みんな、これからよろしくね、なかよく、しよう………」

ルイセ様が意識を失う。リオ様がすぐに抱き留めた。

「ルイセ！　……大丈夫なのか、ラブボ殿！」

「大丈夫っすよ。慣れない事をして疲れただけっす。精霊魔術は慣れないとすぐ疲れるっすからね～。ほら、力が不安定だったときもずっとぐったりしてたんしょ？」

「確かに……」

リオ様の腕の中で眠るルイセ様は、満たされた寝顔をしていた。

頬を撫で、私は嬉しくなる。

「……おめでとう。……立派よ、ルイセ様……」

「わふっわふっ」

後ろから可愛らしい声がする。振り返ると、普通サイズになったビッグじゃないビッグチャウチャウたちが、わふわふとルイセ様に向かって集まってきた。どんくさく転がったりテラスの階段を上れなかったりしながら、ルイセ様を囲んで尻尾を振る。

「みんな、小さくもなれるのね」

私の呟きにラブボくんが答える。

「飼い精霊になったからでしょうね。ご主人のルイセっちに撫でられる大きさになりたいんすよ、みんな」

私たちも集まったビッグチャウチャウをもふもふと撫でる。

ふかふかの命のなか、リオ様が穏やかな顔をして頭を下げた。

「ありがとう、ラブボ殿。……そしてロゼマリア殿。おかげでルイセが……どんどん、前向きになってきてくれている。見違えるようだ」

そして寝顔を見つめ、ふっと薄く微笑んだ。

「……私も兄として精進せねばな。お前にとって頼れる兄であり続けたいからな」

私たちは幸せで満たされた空気の中、一日を終えた。

◇◇◇

「できたわー！　毛糸玉！」

「毛の塊の間違いじゃねーっすか」

呆れたふうに言うのはラブボくん。私は塊を片手に唇を尖らせる。

「んもー、いいじゃない！　ボンボンとして使えるわよ！」

私がどんなに頑張って毛糸紡ぎをしても、なぜかぐちゃぐちゃの不格好な塊になってしまうのだ。

ラブボくんはにししと目を細めて笑う。

「毛糸玉じゃねえってのは認めるんだ」

「えーん、意地悪！　私がご主人様なのに意地悪！」

私たちがわいわい言い合っている横で、ルイセ様が慎重に糸車のハンドルを回す。

ルイセ様は大人用サイズの糸車の前、大人用の椅子にクッションを重ねて座り、しっかり集中して大人顔負けの糸紡ぎ作業を行っていた。

ビッグチャウチャウの毛がふかふかの毛糸となり、どんどん順調に巻き車に絡め取られて見事な毛糸玉になっていく。

カラカラカラ……と、幸せな手仕事の音が部屋に響いた。

リオ様はビッグチャウチャウの毛をほぐしながら、弟の夢中になった様子を眺めている。

「兄さま！　毛糸ができてます！　どうですか？」

「ああ。どんどん上手になっていくな。よく集中して、難しい作業に取り組めているな」

「はい！　もっとやってみていいですか？」

「ああ。休憩時間になったら休むんだぞ？」

「それは兄さまもですよ？　兄さまも、夢中になったらずっと集中しているんですから」

「わかったよ。お互い気をつけよう」

ルイセ様の大人びた口調と、それに肩をすくめて従うリオ様。

見ているると胸が温かくなる。

「懐かしいわ、私も下に弟がいる姉だから、なんだか実家を思い出すわ」

「帰らなくていいのか？」

「ラブボくんを通して手紙が届いたわ。『お前はいつも面倒を起こすから、そのままおとなしく引っ込んでろ、甥と姪の節句が終わるまでは出てくるな』だって」

「それは……」

手を止めて、私の境遇に同情的な眼差しになる二人。私は慌てて顔を横に振る。

「あああ違うの。大丈夫なのよ！　実家とはいい距離感を保ってるのよ？　私がいても心配かけちゃうだけだし、それに――」

子どもに手をあげる、嫌な大人になるかもしれないから、怖くて。

その言葉が口をついて出そうになる。反射的に口を押さえる。

リオ様が不思議そうに首をかしげた。

「それに？　なにか他にも理由があるのか？」

「ええと……ほら、実家にいたらすぐに結婚しないかって言われちゃうわ！　私結婚しないって決めてるし！　独身貴族なの！　ほほほ！」

「ご主人～。独身貴族って別に独身の貴族を言う言葉じゃねえっすよ」

「そ、そうなの？　古語って難しいわね」

そんな会話をしていると、リオ様がほっと胸を撫で下ろしていた。

「どうしたの？」

「ああ、いや……新たな婚約者がもうすでにいるのなら、その、はしたない関係だと思われて迷惑をかけてしまうなと案じただけだ」

「兄さま……」

なぜかルイセ様が冷ややかな目でリオ様を見つめている。私は胸をどんと叩いた。

「大丈夫よ！　宮廷魔術師時代は研究所で老若男女問わずに廊下で雑魚寝《ざこね》なんて日常だったし、野宿も野営も経験済みよ！　心配してくれてありがとう！」

「あ、ああ……」

「ご主人、そーいうとこでフラグをボッキボキにするんだよな～」

「何の事？　魔術回路のプログラムのフラグの事？」

「なんでもねーっす」

リオ様がこほんと咳払いした上で、私を見て言った。

「もしなにか困りごとや心配事があれば、私に何でも話してほしい。できる限り力になろう」

「ありがとう。そのときは頼らせていただくわ。一緒に頑張っていきましょうね」

むん、と拳を握って笑って、私は先ほどの喉の奥から出かかった言葉をごまかせてよかったと思った。

――弟さん思いの優しいお兄さんに聞かせる訳にはいかないのだ。

――私が『子どもを虐める悪夢』を見続けている危険な女だとばれては、心配をかけてしまう。

現実では絶対に子どもを虐めない。ルイセ様にとって、良き大人でありたい！

私は改めて、決意を固めるのだった。ぐちゃぐちゃになった毛糸くらいに。

◇◇◇

「スノウ様、失礼いたします」

シーツの中から身を起こすと、そこには深く頭を下げたメイドの姿があった。

「先日は新人メイドが大変失礼いたしました。申し訳ございません」

「せっかく忘れてたのにまた言うの？　思い出させないで、気分が悪いわ」

スノウはベッドから身を起こす。

メイド長はふわふわとした毛織物を手に抱えていた。少し季節外れなものに見えて、スノウは眉根を寄せる。

「もう春なんだから、そんなの要らないわよ」

「ごもっともでございます。ただ朝晩の冷える時もございますので、そういった折に是非お使いください。王家御用達の商人が仕入れて参りました、よく暖まるストールです」

いらないと突き返したくなったものの、確かにシルクのネグリジェを纏っただけの肩が寒い。

メイドが去った後、スノウはその羽織を肩にかけた。

「……温かいわね。これは……」

ストールの感触を味わっていると、突然部屋に声が響いた。

『珍しい物を持っているじゃないか、久しぶりに見たぞ、その毛織物は』

びくっとスノウの肩がこわばる。

くくく、と喉の奥で笑う声が聞こえ、スノウは体が恐怖を思い出していくのを感じた。

『まだあの女は生きている。生きて楽しくおかしく過ごしている。……ふふ、悲しいなあ。あの女が生きている限り永遠に、お前が楽になれる事はないのだから』

「平気よ！」

スノウは声を振り絞り、温かなストールをかき抱いて言う。

「平気。私は負けないわ。私は死なないわ。……絶対悪夢を現実にしない」

『そうだな？　お前はひとりぼっち。お前は王子もまだ見つけられない。味方のこびとも傍にいない。いるのはただ——同じ呪いの運命を持つ女の生存という、事実だけだ』

スノウはぶるっと震えた。

「だれか！　誰か来なさい！」

叫び声に、直《ただ》ちに使用人がやってくる。

スノウはストールをかけた肩を己で抱きしめるようにして、言った。

「あの女がいる森に討伐隊を派遣しなさい。あの女を殺して。いいわね⁉」

「兵士に確認を取って参ります」

「急いで。手段は問わないわ。あの女が二度と私に手を出せないようにしてほしいの！」

使用人は去って行く。どこからともなく聞こえる声はけらけらと笑った。

『二度と、ねぇ。……そうだな、夢では何度も殺されているからな』

あざ笑うような、面白がるような声。スノウはぎゅっと唇を噛みしめた。

——父親からの連絡は一切ない。

——定期的にお見合いをして社交界に出る事以外は、スノウは必要とされない。

こんな寂しい人生のまま、ずっと虐待に怯えて生きるのが怖い。

「……早く、楽になりたいの……あの女さえ、いなければ……」

# 第四章

Chapter 4

「ご主人！　ビッグチャウチャウの毛、売ってきたっすよ～！」

行商から帰ってきたラブボくんたちがぞろぞろとコテージに入ってくる。

彼らは売ってきたビッグチャウチャウの毛糸の代わりに、色々な日用品を背負ってきてくれていた。

リビングルームにリオ様、ルイセ様、在宅だったラブボくんと私、あとは一緒についてきた小型ビッグチャウチャウで集まり、買ってきた商品とお金をチェックする。

リオ様とルイセ様は色んな生活道具を並べて見ている。

「卵に、チーズに、小麦粉に砂糖に塩、醬油、石けんに洗剤に薬、トイレットペーパー……ああ、森で暮らすのにこれだけのものが手に入るなんてありがたい」

私は隣で売り上げ報告を見て、一瞬気を失いかけた。

「ラブボくん、あな、あなた!!」

「あっ売り方悪かった？　それとも買いそびれあったっすか？」

「違うわよ！　あなたどうしてこんなに売り上げがいいの⁉　桁数間違えてない⁉」

私の反応を見て、リオ様とルイセ様も報告を覗き込む。そして二人とも同じ顔で絶句した。

ラブボくんはダブルピースをして「いえーい」と言う。

それからリオ様とルイセ様はそれぞれ買ってきた物を片付けるようなので、私は詳しいお金勘定をするためにラブボくんと一緒に商品を納めた部屋に入った。

「あなたすごいのね……」

「俺の才能すごいっしょ！　あとはビッグチャウチャウのパワーっすよ〜」

ラブボくんいわく。ビッグチャウチャウの毛糸はびっくりするくらい売れたらしい。

「信頼できそうな魔道具系のセレクトショップに売り込んでみたんすけど、『この謎の毛糸はアンティークでしか出回っていない毛糸と同じものだ！』って大盛り上がりしてくれちゃって。んで、そこで箔をつけたところで人気の毛織物作家に売り込んで商品にしてもらったり、いや〜売れた売れたって感じっすよ」

「確かに……いいものだとは素人目《しろうと》にも思ったけど……」

ビッグチャウチャウの毛糸は不思議で、ものすごく軽いのに、毛皮よりもずっと温かいのだ。

「で、冷え性の貴婦人に飛ぶように売れたっす。色々騒ぎになってもあれだから、とりあえずしばらくは売らないほうがいいっすね」

「そうね。冬になったらラブボくんに遠征してもらって、遠くでこそこそと市場経済を壊さない程度の量を出してみましょう」

けれど正直、市場経済を脅かさない程度というのは難しいかもしれない。

私は売り上げを見ながら改めて寒気を覚えた。適当に売りさばくには桁が大きすぎる。

「商会でも立ち上げるしかないかしら。専門家に相談しなくちゃ……」

「あ、それならいい感じに仲良くしてる商人に相談してみるっすね」

「まって。そんな事してるの、あなた」

鏡の精霊なのにラブボくんは実務に関して異常にハイスペックすぎやしないか。

私が驚いていると、彼は目元でピース&ウインクする。

「モノの精霊なんで、モノ目線で目利きを見つけるのは得意なんすよね。長い年月を経たモノって精霊がついてるから、みんな色々教えてくれるんすよ。商人がどんな人かとか、商品をどう扱ってる人なのかとか」

「……もしかして、これまで商売がうまくいってたのも、そういう能力のおかげ？」

「いえーい」

「うわーん！　ラブボくん！　優秀な鏡だわ！　愛してる！」

「いえーい光栄っす！」

感激のあまりに飛びついてハグをすると、ラブボくんも笑顔でハグをし返してくれる。お互いテンションが上がるままにそのまま手を取り合って踊っていると、扉がノックされて開かれる。

「ロゼマリア殿、そろそろ昼食ができそうだが」

エプロン姿でおたまを持ったリオ様が姿を現した。

「あ、リオ様！」

「リオっち！　いい匂いっすね、今日はオムライスっすか？　俺は食えねーけど」

「……失礼した」

私たちを見て、バタンと扉を閉じる。

青ざめていた気がして、私とラブボくんは揃ってドアを開いて追いかけた。

「ごめんなさい！　リオ様に台所に立たせて二人で踊ってるなんて失礼がすぎたわ！　座ってゆっくりしてて！」

「マジごめん、テンション上がってたまたま踊ってただけで、全然数分も踊ってねえから！」

「い、いや……その、取り込み中に失礼した、と思っただけだ」

目を逸らしてごまかすリオ様。確実に気分を害してしまった。私たちはますます慌てた。

「そうだわ、一緒に踊りましょう！　ねっ！」

「わ、私はいい、邪魔をしたのが悪いと思っただけで」

「固い事言わずにさー！　俺もリオっちと踊りてーもん！」

「わわわ」

私とラブボくんはリオ様の手を取り、廊下の真ん中でぐるぐると無軌道なダンスを踊る。

三回転ほどしたあたりで、廊下の向こうから来たルイセ様に冷めた目で見られた。

「……なにやってるんですか、みなさん……」

「ルイセ様も入る？　真ん中が空いてるわよ！」

「いえ、ぼくはやらなくていいです」

ルイセ様はそのまま、私たちの間を通り抜けてリビングルームへと入って行った。

沈黙も一緒に流れる。

「こ、こほん……では私も食事の準備に戻る。ではまた後で呼ぼう」

リオ様もそのままルイセ様と去って行く。残された私とラブボくんは、顔を見合わせた。

「ほら～ご主人がはしたないから、王子様ズにドン引きされた～」

「失敗失敗」

私は頭をこつんとする。

それから私たちはダイニングで昼食をとったのだが、リオ様はなんだかぎこちない様子だったし、ルイセ様はそんなリオ様を呆れた様子で見ているようだったし、妙な雰囲気の昼食となった。

◇◇◇

昼食後、私は新しく買ってきてもらった既製品の虫除けブラウスを纏った。シンプルなブラウスだけど、うっすらと襟に虫除けの加護が込められているのだ。

「私がお裁縫得意だったら、ビッグチャウチャウの毛糸で魔術刺繍ができるんだけどね」

残念ながら刺繍は下手だ。最低限のたしなみ程度にはできるが、魔力を籠めながらの刺繍は失敗して布地をただのボロ布にしてしまう。

努力してもできないことはできない。ならばプロの魔術刺繍職人の既製品に頼るっきゃない。

鏡の中の自分を見て、ふと思う。

「……ルイセ様も、新しいドレスが必要な頃ね。ドレスがいいのかは、わからないけれど」

着替えて部屋を出ると、ビッグチャウチャウの元気な鳴き声が外から聞こえてきた。

「わうわう！　わうわう！」

常識的なサイズのビッグチャウチャウたちだ。彼らは跳ねて飛んで、昼食の片付けを済ませてきたルイセ様に飛びつく。

私はルイセ様の服装を見る。今日はポニーテールにシンプルなブラウスとスカートだ。

ルイセ様はビッグチャウチャウたちを撫でてやって、キッチンのかまどに火を入れるリオ様に話しかける。

「兄さま、ロゼマリア先生と犬たちと、午後のお散歩に行ってきます！」

「無理しない範囲で帰ってきなさい」

「はい！」

元気に返事をして、わふわふと急かすチャウチャウたちと走って行く。チャウチャウたちはテラスの段差で転んだり、走って転んだりしながらも楽しそうにルイセ様と走る。

私も同じようにポニーテールにして、ルイセ様を追いかけて走った。

「わふっわふっ」

「ふふふっ、待ってよ、……あははっ」

元気いっぱい全力疾走！　とはいかないものの、ルイセ様は楽しそうに小走りに走っては息を整え、また息を整えて走って行く。無理をしているのなら止めるけれど、楽しそうにしているから私も見守るだけにとどめている。

ビッグチャウチャウたちも無邪気にはしゃいでいるようで、しっかりルイセ様のペースに合わせて走っているようだ。

森を楽しそうに走りまわる子どもと犬は、見ていてあまりにも愛おしい。

「幸せね……」

私は汗を拭《ぬぐ》って呟いた。

最初に出会ってから一ヶ月半ほどが過ぎた。最初は少し動くだけで気力も体力も尽きて休んでいたルイセ様も、最近は朝から晩まで元気に過ごせるようになってきた。

走るときに体もふらつかなくなってきたし、心配になるほど細かった手足も、しっかりとしてきた気がする。ほんの少し間なのに子どもの成長はすごい。

なにより、表情がぐっと明るくなった。光に溶けてしまいそうな儚い美少女というより、今では色白のおてんばさんといった感じだ。

「……おてんばさん……かあ」

やっぱりそろそろ、本来なら少年の姿に戻っていいと思う。

ワンピースやスカートを好きで着ているのならともかく、ルイセ様は強制的に少年の姿を奪われて生きてきた。パジャマですら、パンツスタイルになるのを拒絶する。

けれど森の中を走りまわるにはふわふわのパニエでは引っかかるし、木登りをしようとして服が傷むからとやめた事もある。走るときだって、ボリュームのある服が行動の邪魔になっているようでならない。

そもそも、成長したのか服が少し窮屈に見える。

――しっかり栄養をつけて体を動かせば、体は強くなるというのが現代魔術の考え方だ。

なるべくなら体に合った服を着せてあげたい。できるなら男児の服を。

「でも……私から提案するのは怖いのよね……」

私はうーんと頭をひねる。以前リオ様が服を貸そうとしたとき、ルイセ様は強い拒絶を示していたらしい。せっかくメンタルも調子が良くなってきている感じなのに、迂闊に提案して落ち込ませてしまってはよくない。

首をひねって立ち止まっていると、遠くからルイセ様が声をかけてくる。

「先生ーっ！　どうしましたー？」

「ごめんなさい、考え事をしていたの！　すぐ行くわ！」

「ぼーっとしてるのは勿体ない。こんな最高の天気、お散歩日和《びより》なのだから。

私は腕を振って走り、小型ビッグチャウチャウたちとルイセ様を追いかけた。

◇◇◇

翌日。

朝から行商のラブボくんがリオ様お手製スイーツを携《たずさ》えて旅立った。

今回から屋号を『トキシック・アップル・ファクトリー』と命名した。やみつきになってしまうりんごの魅力を表現してみたのだ。

残ったラブボくんと私たちは皆で森の中で遠出をしてみようという事になり、ビッグチャウチャウの背中に乗ってのしのしと森を移動した。チーム分けは先発チャウチャウがルイセ様とラブボくん、後発チャウチャウが私とリオ様だ。

森に住む風の精霊であるビッグチャウチャウの使役に成功したのだから、私たちは話し合ったすえ、行動範囲を広げても安全だろうと判断を下した。ルイセ様の精霊魔術の訓練のためにも、森の中のあちこちに行くのは大切だ。

私とリオ様は、ビッグチャウチャウの背中に揺られながら、先を行くビッグチャウチャウの背中でラブボくんとわちゃわちゃと楽しそうにするルイセ様の様子を眺めていた。

二人っきりになって真っ先にした話題は、ルイセ様の服についてだ。

「ルイセ様、女の子のドレスを続けるにもそろそろ仕立て直しの時期だと思うの」

「ああ……服装については、私も考えていたのだ」

「長い髪は、精霊魔術師としては好都合だけどね。魔術師は髪に魔力を貯めるから」

リオ様がルイセ様の長いツインテール、そして私の日よけフードからこぼれた長い髪を見て尋ねる。

「後学のために聞きたいのだが、髪を失うと影響はあるのか？」

「大ありね。魔術師のローブにフードが付いているのも、元は髪を守るためと言われているの。敵が奪う事もあるし、高値で売れるから髪強盗も狙ってくるのよ」

「物騒な話だな」

弟を守らねばと思ったのだろう、リオ様の眉間に皺が寄る。私は説明を続けた。

「髪を失えばどんな魔術師も魔力のバランスを崩すの。だから自衛のためにもかなり初期に覚えるのよ、髪を守る魔術は。この髪も私が切りたいと思わない限り、どんな鋏も刃も切り裂けないわ」

「ルイセにも是非教えてやってほしい」

「もちろん……と言いたいけど、精霊魔術師に現代魔術を教えていいのか慎重になるわね」

精霊魔術は精霊に気に入られて発動する魔術。逆に現代魔術は精霊の存在を無視して奇跡を起こす魔術。両立した魔術師になれるのかは未だ不明なので、なるべく慎重にしたい。

「髪はそのままとしても、服はね……」

ルイセ様に視線を向け、私は話を戻す。

「服に関してはもっと行動的な装いにしたほうが、自然と共に生きる精霊魔術師は生きやすいと思うの。でもこればっかりは……ルイセ様の気持ちが最優先だから……」

「父も母も背が高い家系だからな。ルイセもこれから大きくなると考えると、早めに服の問題はなんとかしてやりたい」

話題が一旦途切れ、私たちはルイセ様の様子を後発チャウチャウの背から眺める。

ルイセ様はラブボくんと一緒に先発チャウチャウから下を見下ろし、色んな物を見つけては目を輝かせている。アヒルの親子を見つけては指さしたり、トレントが遠くから枝を手のようにぶんぶんと振ってくれるのに笑いながら応えたり。

本当に、こうして見ている限りでは普通の子どもと同じだ。

「そういえば……リオ様はどんな子どもだったの？」

「私か？」

自分の話題を振られると思わなかったのだろう、リオ様が青い瞳を丸くする。

「ルイセ様の事は色々と知ったわ。けれどよく考えたら、私はまだリオ様の事をよく知らないわ。

王子様で、騎士をしていて、ルイセ様を溺愛しているって事以外はね」

「私の話、か」

「あなたの話を聞きたいのよ。もっとあなたと仲良くなりたいわ」

「……そうだな」

私の言葉にリオ様は目を僅かに細め、視線を遠くへと向ける。

黒髪が風に吹かれ、形の良い額があらわになる。

「多分、普通の子どもだったよ。無邪気だった。父に褒められたくて、母に元気になってほしくて、兄に憧れて、稽古の後に友人たちと庭を探検するのが好きな、ただの子どもだった」

口に出して、表情に苦みが混じる。

「私は何も考えずのびのびと育った。ルイセのように、大人の顔色を必要以上に窺う必要もなく……」

「愛されて育ったのね」

「ああ。……だからルイセの状況を知ったとき、本当にショックだったんだ。子どもは大事にされるのが当然だと思っていたから。ルイセが虐待されていたなんて」

虐待、の言葉を悔しそうに口にして、リオ様は唇を引き結ぶ。

「あなたはどんな子どもだった？　ロゼマリア殿」

「私は……宮廷魔術師になりたいって五歳の誕生日に宣言して、親に随分驚かれたわ」

恐ろしい悪夢を見たから決めた夢だというのは、言わないでもいいだろう。

「目に浮かぶようだよ」

「昔からちっとも変わらないねって、よく言われるわ！」

「そんな気がするよ」

私は遠くを見た。

幼い頃からずっと見続けた、子どもに暴力を振るい、罵倒で心を傷つけるひどい大人の夢。

だから私は結婚も、子どもを持つ事への憧れもまったくなかった。むしろ怖い未来を回避するためにずっと宮廷魔術師になりたいと思っていた。

「夢は叶ったわ。宮廷魔術師として働くのは大変だったけどとても楽しかった」

「もう宮廷魔術師には戻らないのか？」

「戻りたくはあるけれど、どうかしら。でも次の夢を追えばいいから、問題ないわ！」

「あなたと話しているとなんだか私も前向きになるよ」

「うふふ。嬉しいわ。……そういえば、ルイセ様とは同じご両親なのよね」

「ああ」

「リオ様は、ルイセ様と同じような事は起きなかったの？　変なものが見えたり、聞こえたり。精霊の愛し子じゃなかったとしても、精霊魔術師の素質が遺伝性のものなら、あなたにもあるかもしれないから」

「あいにく、私は魔術の才能がまったくない。その点に関しては父似で、最低限の生活魔術が精一杯なんだ」

リオ様は肩をすくめる。

「だから幼い頃から魔術は修めず、体を鍛える方向で国家に貢献すると決めたんだ――」

そのとき、目の前のビッグチャウチャウが止まる。

「どうしたの？」

声をかける私をラブボくんとルイセ様が揃って振り返る。そして輝く瞳で言った。

「湖があるっす、ご主人！　魔石がゴロゴロしてるタイプのすっげー湖！」

「とっても綺麗です、兄さま！」

私とリオ様は顔を見合わせた。

「湖は初めてだ。降りてみようか」

「ええ！」

私たちは頷き合い、湖畔《こはん》にビッグチャウチャウをとめ、毛並みを滑ってもふもふの背中から降りる。

目の前に広がる光景に、皆で目を奪われた。

森の隠れ家のようなこじんまりとした楕円形の小さな湖が、午前の光にきらきらと水面を輝かせている。獣の姿もなく、まるで大きな鏡のようだ。

「こんなところがあるんだな。知らなかった」

リオ様が感嘆した。

水の中には魚が泳いでいない。それどころか苔すら生えていない。透き通った水面の下に、きらきらと虹色の魔石の原石が転がっている。夢のような光景だった。

「綺麗……」

「綺麗すぎて、ちょっと怖いです」

水に近寄らないようにしながら、ルイセ様は言う。

「近づいていいのでしょうか……」

「わからないわ。私も一応精霊魔術を研究していた宮廷魔術師だけど、実際に精霊の森に入ったのは今回が初めてだから……ラブボくん、こういうときに危ない湖かどうかチェックってできる？」

「なーんもわかんねーっす。俺、割ってもまた元に戻れるただの鏡なんで。それに昔の記憶ほとんど消えちゃってるから、精霊を見てぼんやりどんな奴か思い出すか思い出さないかって感じなんすよね。まあそもそも自然の精霊と違ってモノなんで、自然の事は門外漢だし」

「うーん」

私は首をひねった。精霊魔術師としてのルイセ様の特訓のためなら、ちょっと近づいてチェックするのも大事だと思う。けれどなにも知らない湖は怖い。

「わふわふ」

「あっビッグチャウチャウ」

ビッグじゃなくなった通常チャウチャウサイズのビッグチャウチャウ二頭が、わふわふと湖のほとりに鼻先を突っ込む。尻尾を振りながら一心不乱に水を飲み、水でずぶ濡れになった顔でこちらを振り返る。

「わう」

ルイセ様がおずおずと尋ねる。

「大丈夫って、言ってくれてるの？」

「わふっ」

「……大丈夫だそうです」

「そうね。ビッグチャウチャウがそう言うのなら」

「ルイセに危害が加わるような事は避けさせるだろう」

私たちは恐る恐る水辺に近づく。大丈夫そうだ。水を手に掬って飲む。目の前が輝いた気がした。

「あらやだ、冷たくて最高よ！」

「本当か」

みんなで水を飲む。美味しい。

すると目の前で水が揺れて、ぱちゃりと水の魚が跳んだ。

「わっ」

水の魚が、一匹、また一匹。

まるで水しぶきが飛ぶように、水の魚が歓迎するようにぱちゃぱちゃと跳ぶ。

ルイセ様が目をキラキラさせて魚を見た。

「これは……水の、精霊ですか？」

水の精霊の魚たちは宙を泳ぎ、ルイセ様の周りにじゃれつくようにする。尾びれがピチピチとするたびに跳ねる水に、ルイセ様が楽しそうに小さく悲鳴を上げる。

「ひゃっ、水が冷たいよ」

「可愛いわね、これ捕まえられるのかしら……えいっ！」

私が両手で捕まえようとすると、魚はひらっと避けて――私の口に入った！

「もがもがもが」

「せ、先生!?」

「ごくん」

「先生……？」

「意外とお、美味しいわ……！　ちょっとのどごしがゼリーっぽい……味はないけど美味しい！

でもちょっとまって、ルイセ様は飲むのをやめて、ちゃんとこういうのは調べないと。ラブボくん、あなたの見解は？」

「んー、わかんね」

「わかんないか〜」

「でも精霊の愛し子であるルイセっちに危害を加える事は絶対ありえねえから、まあ大丈夫なんじゃね？　ルイセっちは」

「なるほど、ルイセ様が大丈夫ならまあ悩まずともいいかしら……」

私たちは纏わりついてくる水の精霊たちときゃっきゃと戯れた。

ちょうど暑い日なので、冷たい水が飛んでくるのは気持ちがいい。

「ふふ、兄さま！　たくさん魚に好かれてますね！」

「魚が美味いと思うような匂いをしてるのだろうか？」

魚は妙にリオ様にくっついている。きらきらと太陽光を反射させる水の魚をはべらせた兄弟の姿は、夢のように美しい。

「しょーじきめちゃくちゃスーパー美形ブラザーズっすよね、リオっちとルイセっち」

「目の保養だわ」

「ご主人、どきどきしたりしねえの？」

「どきどき？　ふふふそりゃしてるわよ！　だって隣国王子殿下として精霊の愛し子が生まれたなんて、隣国の歴史を紐解けば精霊魔術について新発見ができそうだし、国境不確定地のこの精霊の森の秘密にも迫れるかもだし」

「……」

「どうしたの、ラブボくん」

「いーや別に。ご主人が研究オタクなの忘れてただけっす」

「な、なによう」

そんなふうにラブボくんと話していると、リオ様のうろたえた声が聞こえてきた。

「あ、あのロゼマリア殿。その……妙にこれは……纏わりつかれ……すぎで、は……」

「えっ……きゃーっ！」

水の精霊の魚たちの様子が、明らかにおかしい。

ルイセ様に対しては常識の範囲といった絡み方なのに、リオ様の周りにはまるで鰯《いわし》の群れのようにぐるぐると螺旋《らせん》を描いて魚が集まっている。

「に、兄さまから離れて！」

ルイセ様が一生懸命水の精霊の魚たちを引き離そうとするも、魚は言う事を聞かずにリオ様をますます囲んでいく。

「あぶっ、あっ、口に水がっ、あっ」

「もしかしてリオっちを溺れさせようとしてる……とか⁉」

「嘘……！」

ルイセ様はラブボくんの言葉に青ざめ、一生懸命魚に訴えた。

「お願いだ、ぼくの大切な兄さんなんだ、そういう事をしないで！」

しかし全然水の精霊の魚――略して精霊魚は聞く耳を持たない。

むしろルイセ様が訴えれば訴えるほど、水のトルネードが激しくなって、リオ様の姿も視認しにくくなってくる。

ルイセ様が振り返って叫んだ。

「わうん！」

「ビッグチャウチャウ！　兄さまの周りの魚を風で吹き飛ばして！」

ビッグチャウチャウがむくむくと元のサイズになって、尻尾をぶんぶんと振る。

強風が強く吹き抜け、湖面に波が立つ！

しかし精霊魚たちはムキになるように、リオ様を水流に包んで返さない。それどころかトルネードは少しずつ場所を移動して、湖の中に入ろうとしている。

「待って！　ビッグチャウチャウ止めて！　罠よ！」

「くーん」

ビッグチャウチャウが風を止める。水の向こう、一瞬だけリオ様が呻《うめ》く声が響く。

「たす、け……！」

――バチャッ！

リオ様はそのまま、水の中に飲み込まれた。

「うそ……」

ルイセ様が茫然として湖畔にへたりこむ。顔が真っ青だ。

「兄さまが……兄さま、兄さまっ！　兄さまーッ！」

「落ち着いて、あなたまで落ちてしまっては元も子もないわ！」

「っでもっ！　兄さまがっ！　……兄さま、死んじゃう……！」

「死なせないわ！」

私は強く断言する。突然の大声に、ルイセ様がびっくりして硬直する。驚いて涙も引っ込んでいた。

「リオ様は私が助けるわ！　だからこそルイセ様には、やってほしい事があるの！」

「ぼくに……なにが……？」

「ラブボくんと一緒に、どうしてリオ様が攻撃されてしまったのか考えて！　もしくは精霊魚からリオ様を取り返すための言葉を、考えて！」

私はそう言うとローブを脱ぎ捨て、髪をぎゅっとポニーテールに縛り上げる。

靴を脱いだところでルイセ様がぎょっとした。

「ロゼマリア先生、なにを⁉」

「水の中に飛び込んでリオ様を助けに行くわ。大丈夫、この程度なら現代魔術でなんとかなるわ」

風魔術と水魔術の応用を使い、水中で息をする事は、私にとってはたやすい。

現代魔術のかかりが不安定な精霊の森でやるのはちょっと難しいかなと思うけど、ここで怯んだらプロの名が廃るというものだ。

「先生、危ないです！」

「まあまあ、ご主人なら大丈夫だって。な？」

ラブボくんはルイセ様の肩に手を置き、強く私に頷いてくれた。

彼に頷き返すと、私は青ざめたルイセ様に笑顔で親指を立て、にっこりと笑った。

「じゃあ、頼んだわよ！　さあビッグチャウチャウ！　背中を貸して！」

「わふわふ」

私はビッグチャウチャウの背中によじ登り、頭のてっぺんに立つ。

そして飛び込みの体勢をとり、ばしゃんと水しぶきを立てて頭から湖面に飛び込んだ。

（っ……やっぱり、素潜り魔術の効きが安定しないわね……！）

こんな状況でなければ見とれるほど美しい湖の中を、私はリオ様を追いかけて潜っていく。

生き物のいない、水と魔石だけの透き通った水色の湖。

おかげで、どんどん沈んでいくリオ様の姿は見失う事がない。

私は両腕で水をかき、リオ様にぐいっと迫る。リオ様は気を失っているようだった。

リオ様の頬をぺちぺちと叩く。目を開いてくれない。

（少し……空気をあげないと）

私は口の中で魔術を構築し、口移しで空気を送る。

「んむ……」

胸に入った水を抜き、なんとかしばらくは息がもつようにする。当面はこれで大丈夫だ。

でも水面に上がろうとしても、私たちの体はまったく上がれない。

このままではどうしようもない。魔術も尽きて、二人で溺れてしまう。

——その時。周りの水の気配が変わる。

(これは……！)

透明な水の中に、一瞬大きな魚に飲み込まれている『感覚』がした。

(そうか、この湖がまるごと精霊魚の体……のようなものなのね！)

だから生き物はいないのだ。

(私が心の中で精霊に直接問いかければ、理論上、きっと答えてくれる)

私は精霊魚に向かって強く念じた。

『お願い。リオ様が死んでしまったらルイセ様は悲しむわ。手遅れになる前に水上に戻してほしいの。そして……理由を教えて、ルイセ様の大切なお兄さまを、どうしてこんな事に』

しばらくして、水が震える感じがした。

頭の中に直接注ぎ込まれるように、精霊魚の強い意志が言葉になって飛び込んできた。

『精霊の愛し子と血を分けた兄のくせに、その人間は精霊の愛し子を守れなかった。だから殺す』

重く響く、怒りに満ちた老爺の声だ。精霊魚の強い感情が、ビシビシと頭に響いてくる。

「っ……！」

あまりに意志が強すぎて、私は気がつけば自分が鼻血を流しているのに気づいた。

(不覚……！　魔力を浴びて鼻血を出すなんて、子どもの頃以来だわ……！)

精霊魚の意志が私を襲う。

『あなたたちにどうしても知ってほしい事があるの。今の人間は、精霊魔術を知らないの。ルイセ様が精霊の愛し子だという事も、知らなかったの……だから守りたくても、知識がなくて。なにも知らなくて、どうする事もできなかったのよ』

『嘘だ。魔術を使えるくせに、精霊を知らないなど嘘をつくな』

『本当よ。現に私は精霊魔術が使えないわ。現代魔術を使っているの。わかるでしょう？』

『……最近見かける、その魔力を消費して行使する妙な魔術の事か』

『そう。精霊にとっては最近のものだとしても、人間の世界では数百年――人間が四、五人は代替わりするくらい前から使っているの。そうなると、精霊魔術の仕方がわかる人がいなくなって……』

返事が返ってこない。私もだんだん息が苦しくなってきた。

『お願い、私も、リオ様も、このままでは駄目になってしまうわ……駄目になってしまえば、あなたに、今の魔術についての説明も……』

『この森では必要のない知識だ。精霊の愛し子はこの森で一生暮らせばいい。我々精霊が守る。人間ごときの世界に、精霊の愛し子を任せておけない』

私は薄れる意識で焦った。このままでは交渉が決裂してしまう。

次にどうすればいい。必死に考えるものの、リオ様の体はぐったりとしてしまったし、自分も体の自由がきかなくなってきた。

ごぼ、と息を漏らしてしまう。魔術が切れ始めた。

苦しみながら湖面を見上げる。

光の世界はあまりにも美しく、死にかけているとは思えない光景だった。

――そのとき。

ゴボゴボゴボゴボ!!

ものすごい音を鳴らしながら、落雷のようになにかが降ってくる。

それはビリビリに千切られた布で作られた縄だった。風魔術で突き抜けてくる。

「これは……!」

ビッグチャウチャウの風魔術を纏った、ルイセ様の服だった。

私はリオ様を腕に抱き、布をぎゅっと握る。

すると上に強引に引き上げられる。持ち上げる力に精霊魚は抵抗するかと思いきや、抵抗できないようだ。

どうやらビッグチャウチャウとルイセ様の行動には強く手出しができないらしい。

くれたのだ。

縄の先にはルイセ様、ラブボくんたち、そしてビッグチャウチャウがいた。みんなで引っ張って
思いっきり一本釣りされるように宙を浮かび、地面にべしゃっと落ちる。

私とリオ様は水の中から飛び出した。

「っぷは……！」


「兄さま！　先生！」

私たちを見てルイセ様が表情を崩して駆け寄る。ルイセ様のスカートはビリビリに引き裂かれている。裂いて縄にしてくれたらしい。

「先生、先生、兄さまは」

私は落ち着かせるように、穏やかな笑顔でルイセ様の頬を撫でる。

「助けてくれてありがとう。ルイセ様、怪我はない？」

「ありません。先生、兄さまは」

「大丈夫っすよ！」

答えてくれたのは、リオ様を診てくれていたラブボくんたちだ。

「リオっちは俺らに任せて！」

頼もしく断言するなり、ラブボくんたちがリオ様を運んで手当てを始めた。

私は精霊魚の湖からルイセ様を背にかばう。湖の上には、一匹の大きな透明の魚が浮かんでいた。

『ビッグチャウチャウも精霊の愛し子も……なぜ、そこまで人間をかばう……』

「兄さまも先生もぼくの大切な人だ。二人に危害を加えないで」

『人間にずっと嫌がらせされてきたではないか。そのたびに我らはかばってきたというのに』

「……そのたび、に……？」

ルイセ様の表情に困惑の色が広がる。

「もしかして……あなたが、全て……？」

『わしだけではない。わしらはそなたを守るためになんだってやってきた』

「ルイセ様、覚えがあるの？」

私の問いかけに、ルイセ様はこくりと頷く。

「王国にいた頃――ぼくを虐めた人に不幸な事故が起きたり、良くない事が続いたり、突然雨が吹き荒れて祭りが中止になったり、そういう事が何度もあったんです。……そういうのは、やっぱりぼくのせいだったんだ……」

『そなたのせいではない』

顔を曇らせるルイセ様に、精霊魚は断言する。

『精霊の愛し子を守るのは精霊の役目ではないか』

「でも、ぼくのせいで、迷惑が」

『人などどうでもいいだろう、そなたを迫害する者になぜ忖度《そんたく》せねばならぬ』

ルイセ様の困惑に、精霊魚は理解できないといった様子で尾びれを振る。

『母を失ったそなたを母の代わりに守れるのはわしら精霊だけだ。この森で我らと一緒に暮らそう。この森ならば、我らは永遠に精霊の愛し子を守れる』

「……」

ルイセ様は、精霊魚から一歩後ずさる。二者の間に、私は割り込んだ。

精霊魚を手のひらで制しつつ、私は言う。

「あなたがルイセ様を愛しく思っているのはわかったわ。けれどルイセ様の意図《いと》しない攻撃を勝手にしたり、ルイセ様の大切な家族を一方的に攻撃したりするのは違うのではなくて」

『人間になにがわかる』

精霊魚の声色に怒気が混じる。戦いになるか――そう身構えた瞬間の事だった。

「……やめて」

小さく。しかしきっぱりと、ルイセ様が私をかばって言った。

「ルイセ様……」

私を背にかばい、ルイセ様は精霊魚を見た。そして、深く頭を下げた。

「ぼくを今まで……守ってくれてありがとう」

『精霊の愛し子、よ……』

「でもごめんなさい」

頭を上げ、ルイセ様は毅然とした態度で精霊魚と向き合った。

「ぼくは、兄さまや先生が辛いのは、嫌なんだ。二人を虐めるのなら……ぼくは、あなたから二人を守るよ……！」

精霊魚はじっとルイセ様を見つめたのち、声の調子を変えて呟いた。

『そうか……わしらが精霊の愛し子が迫害されると辛いのと同じように……精霊の愛し子にとって兄は……』

「ぼくの気持ち、わかってくれる？」

『……わしらは、そなたを守ろうとして……そなたに、辛い思いをさせていたのだな』

精霊魚は静かになる。人間の世界と精霊の世界では理屈が異なる。人間社会に放り出された精霊の愛し子が、右も左もわからないまま虐められていたら、当然精霊は怒るだろう。

その怒りが、ますます精霊の愛し子の立場を危うくすると気づかないまま。

「……これまでずっと、ぼくを見守ってくれていたの？」

『当然だ。水はあまねく世界を循環する。わしは水の一部でもあり、また水もわしの一部、そういう関係だ。……ずっと、そなたを見守っていた。だが……』

「ありがとう、精霊魚のおじいさま」

精霊魚ははじかれるように顔を上げる。ルイセ様は彼に向かってにっこりと笑う。精霊魚はぴちっと水をはねさせた。

『わしをおじいさまと呼んでくれるか』

「うん。よかったらこれからも、契約《なかよく》してほしいな」

『……うむ。そなたを守るなら、傍にいるのが一番であろうぞ』

ぱちゃん。

精霊魚が尾びれで宙をはじくと、飛んだ飛沫がルイセ様のイヤリングに届き、そこで透明の魔石に変化する。

「わ……！」

『これからもよろしく頼むぞ、精霊の愛し子よ』

柔らかな声で精霊魚が告げた瞬間。湖はさあっと虹色に輝き――精霊魚は姿を消した。

その光景の美しさに私は目を奪われていた。

隣で、ルイセ様が噛みしめるように呟く。

「……ぼくにも……誰かが、ずっと傍にいてくれていたんですね……」

そのとき、後ろでリオ様がごぼごぼとむせた。

「兄さま！」

はじかれるようにリオ様に駆け寄るルイセ様。私も一緒に向かうと、ラブボくんの前に横たわったリオ様がごぼごぼと残っていた水を吐いていた。

「お手柄よ、ラブボくん！」

「いえーい！　前なんとなく聞いた事ある心臓マッサージってやつ、覚えててよかったー」

「精霊魔術の方法かなにか？」

「わかんね」

しばらくむせたリオ様は、呆けた様子で身を起こす。

「私は……」

口元を押さえ、何度も首をかしげ、狐につままれたような顔をしている。

「リオ様、無事？　大丈夫？」

「ああ。ロゼマリア殿も無事か？」

「もちろん！」

「兄様……！」

ルイセ様はリオ様にぎゅっと抱きつく。半身を起こしたリオ様は弟を力強く受け止めた。

「ありがとう。ルイセのおかげで助かった。……立派だったぞ」

「兄様……兄様……」

ひしと抱き合う二人。そのとき、ルイセ様のイヤリングがきらりと輝き、精霊魚が像を結んで再び二人の前に姿を現した。

「む。またなにか……!?」

反射的にルイセ様を背にかばい、身構えるリオ様。精霊魚はその険しく引き結んだ唇に、ちゅっと口づけた。

リオ様が目を白黒させる。

「え……わっ」

次の瞬間。リオ様はごほごほとむせ、口から透明な水を吐き出した。

宙をくるりと一回転し、精霊魚が告げる。

『お前の体に入った水を出した。回復は早いだろう』

「ああ……恩に着る」

精霊魚は、リオ様の鼻先に浮かんで厳しい声音で忠告する。

『精霊の愛し子と血を分けた人間よ。人間の世界での後ろ盾をしっかり果たせ。精霊の愛し子の恩情をありがたく思え。守らぬと、許さぬぞ』

リオ様は口を拭い、強い意志の眼差しで頷いた。

「わかった。これから私を不甲斐《ふがい》ないと思ったときは、指摘してほしい」

『ふん、そこまでしてやる義理はないと言いたいところだが……精霊の愛し子のためなら、やむを得ない』

そして精霊魚は、ふわっと私に近づいてくる。顔を近づけ、妙な事を告げてきた。

『……お前は因果に逆らう人間だな』

「え？」

『ふ……継子虐めの業《ごう》を持つ魔女が、子どものために生きるか』

その瞬間、私は血の気が引くのを感じた。

「な、なにを知ってるの⁉」

魚をぎゅっと摑もうとするも、当然手からするりと抜けていく。

くくく、と魚は笑い、空中をシュルシュルと逃げて湖に消えていった。

『どう生きるのか楽しみに見届けてやろう、ロゼマリア・アンジュー』

「……」

私が呆然としていると、後ろからラブボくんがやってきた。

「どうしたんすか、ご主人」

「ううん、何でもないわ」

私はリオ様とルイセ様へと再び目を向ける。

ルイセ様は真剣な顔をして、リオ様に向き合っていた。

「……兄さま、お願いがあります」

「どうした」

促され、おずおずとびりびりのスカートに目を落とす。

「緊急時とはいえ……服を破ってしまいました。申し訳ありません」

「誇りなさい。一瞬の判断の迷いが生死を分ける。お前はいい判断をしたのだ。服もそろそろ窮屈だっただろうし、仕立て直しの時期だったろう」

「そうですね……」

「次は……どんな服がいい？」

リオ様は、あえてなんて事のない質問のように尋ねた。

ルイセ様はしばらく唇をぎゅっと噛みしめた後——覚悟を決めたように顔を上げ、宣言した。

「……男子の服を、試してみたいと、思います」

ルイセ様の言葉に、リオ様の表情がぱっと明るくなる。

「そうか。……似合う服を仕立てよう。楽しみだ」

リオ様が頭を撫でてルイセ様を抱きしめる。ルイセ様はほっとしたように、表情を緩ませてされるがまま目を閉じる。

そんな二人の様子を、私とラブボくんは少し離れた場所から幸せな気持ちで見守っていた。


——そうして、ルイセ様の次の服は決まった。ついに、男子の格好をするのだ。

# 第五章

Chapter 5

「男児の服を仕立てるとなれば、ここに仕立屋を呼ぶ訳にもいかないから」

「街に出るしかないわよね……」

私たちが囲むテーブルには、今はたくさんの布と失敗作が溢れている。

メンバー紹介しとこう！

最低限の繕いものならできるが、一から縫製などは厳しいリオ様！

最低限の繕いものもできない私、ロゼマリア！

モノを売るのは得意だけど裁縫は無理！　ラブボくん！

教える大人がいないので当然なにもできないルイセ様！

ビッグチャウチャウ！　魚！　以上。

――ルイセ様の男児服を仕立てるにあたって、やはりコテージに引きこもって考えてもどうしようもない。皆で一旦森を出て、服の仕立てに行く必要がある。

私は腕を組んでうーんと唸った。

「仕立ててもらうアテはあるのだけど、問題は道中よね。リオ様とルイセ様の正体がばれないようにしないと」

堂々と暮らしているので忘れそうになるが、二人は一応隣国から姿を消し、国境不確定の精霊の森の中で暮らしている。隣国王陛下からは暗黙の了解を得ていたとしても、あくまで暗黙の了解。さらには暗殺者や追っ手もいる。

地図を見ながら悩む私たちに、ルイセ様は申し訳なさそうに言う。

「古着でいいです。子ども服でちょうどよさそうなものを見つけて揃えたら……」

ルイセ様の申し出に、私は肩をすくめて首を振る。

「それは難しいのよ、ルイセ様。精霊魔術師は古着をなるべく着ないほうがいいらしいの。図書室の本によると、古着は元の持ち主の念がついているの。その念の影響を、精霊魔術師は浴びやすいんですって」

「そーそー」

私の言葉にラブボくんが同意を重ねる。

「モノはどうしても持ち主の愛着が染みつくっすからねえ。俺もモノだからよーくわかるっす。眠ってた期間が長すぎて、前の持ち主は全然覚えてねえけど、体には染みついてるっすから。だからほら、名前もこの服装も姿形も、元の主が作ったまんまっしょ？」

「確かにそうよね。そんな派手なピンクのシャツにぴんぴんした髪、見た事もないファッションだもの」

「でしょ？　でも今のご主人の紅髪とシャツの色でおそろだし、気に入ってるっすけどね！」

「確かに示し合わせた訳でもないのにお揃いよね」

「へへへ」

「ふふふ」

私たちが笑っていると、リオ様がこほんと咳払いする。

「あ……あの、話を続けていいだろうか」

「ごめんなさい。とにかく、安全に仕立てに行く方法よね」

それから話を戻し、私たちはルイセ様の服を手に入れるための最適解を考えた。

結果として「ラブボくんの行商の幌馬車に隠れて、納品の振りをして仕立屋に入るしかない」と決まった。

「さ、決まったら準備しなくちゃ。さすがに街に出るんだから身なりを整えないと」

最近は薄化粧にポニーテールの動きやすい格好だったけれど、さすがにロゼマリア・アンジューとしてはこの姿で街に出入りしたり仕立屋に入ったりできない。どこで誰に会うかわからないし。

自室に戻る私の背中を、リオ様が呼び止めた。

「あの、ロゼマリア殿」

「なにかしら？」

「ええと……あ……」

言いにくそうに口元を隠しながら、リオ様が逡巡《しゅんじゅん》する。

「……その。あなたは……ラブボ殿とは、男女の仲、ではないのだよな？」

「だんじょのなか？」

「……えと……」

「ああ！　恋仲って事!?」

「そ、そうだ」

「ピンと来なくてごめんなさい！　ぜんっぜんそんな事考えた事なかったから、ふふ」

「そうなのか……いや、とても親しくしているから、精霊と人間でもそういう感情が湧いてもおかしくないと思って」

人からはそう見えるのかと、私は不思議な気持ちになる。

「確かにラブボくんはいい子だけど、なんというか弟って感じよね」

「弟か。そうか」

そこに、ラブボくんが通りかかる。

「どうしたんすか、廊下の真ん中に突っ立っちゃって」

「ああ。リオ様が私とあなたを恋仲かどうかって」

「ッ!?」

ぶっとリオ様がむせる。ラブボくんがぎゃははと声を上げて笑う。

「ご主人と恋仲ぁ？　あはは、どうする付き合っちゃう？　いえーい」

「いえーいって、バカ言わないでよもう。じゃあ私、お化粧してくるわね！」

「あはは、いってら〜」

私は部屋に戻りながらふふっと笑う。

私とラブボくんが恋仲に見えるというのが不思議だった。

「弟みたい。というよりも、ラブボくんはなんというか……男性じゃないのよね」

見た目こそ男性に見えるし会話もできるけれど、ふとしたときにラブボくんは人間じゃないと感じさせられる。良くも悪くも人間らしい体臭というものが一切ないし、手はえっと思うくらいにはひんやりとしている。

人間と接していると常に感じる、自然と漏れ出す魔力が一切ない。

食事もしないし睡眠も必要なさそうだ。鏡の前でメイクしながらここまでつらつら考えて、はっと気づく。

「そうだわ。リオ様は魔術師じゃないから、人間と精霊の区別もつきにくいわよね。漏れ出す魔力なんて感じた事もないだろうから……」

なるほどと、私は腑に落ちた。だから恋仲かと思ったのか。

久しぶりのメイクは気分が躍る。

「街に行くのだから華やかにしたいわ」

髪色に合った青みピンクのリップを塗って、アイラインを引きながら、私はうきうきと準備した。

◇◇◇

ブパンロの街は森から一番近い距離にある中規模の都市だ。王国全体の流通の要《かなめ》なので王都に負けず劣らず栄えている。むしろ貴族の目が強い王都よりも自由で活発に人々が自治的にやっている。

ブパンロには宮廷魔術師になる以前、アンジュー公爵令嬢と呼ばれていた頃からお世話になっている仕立屋がある。元々は王都で開いていた店の支店で、経営を息子に任せた会長が半分趣味やサービスとして、一見お断りの店を営《いとな》んでいるのだ。

前もってラブボくんを通じてやりとりはしていたが、今回訳あり兄弟の服の仕立ても買って出てくれたのだ。なんてありがたいご縁！

そんな訳で、私たちはこそこそと森を出て旅をした。

「しかし、こんな大きな幌馬車で森を出てはおかしいと思われないだろうか」

森を出て以来ずっと不安そうにしているリオ様に、幌馬車内のラブボくんは笑う。

森の近くを守る警備兵に会うと、御者をするラブボくんは御者台から手を振った。

「いつもどーもー」

「あっラブボさん、お疲れっす」

それだけで特に咎《とが》められる事なく通過できた。

「ようまくやれるな⁉」

「愛想っすよ愛想」

そんな訳で幌馬車は無事に出立した。

旅はルイセ様に無理をさせない事最優先、なるべく整備が行き届いた道を選んで、宿を転々としながら一週間の旅だ。

変装でリオ様は猟師らしい格好をして、ルイセ様は顔をしっかり隠すような、赤い頭巾を被って女の子の振りをしてもらった。そして私とラブボくん。

そんな旅のメンバーなので、宿屋の受付にて、私たちは店主のおじさまに、こう尋ねられた。

「お父さんと娘さん……そしてそちらがお母さん？」

「お、お母さん……！！！」

茫然とする私。例の悪夢ゆえに、お母さんという単語に本能的に反応してしまうのだ。

宿屋のおじさまが慌てて取り繕う。

「ああすまない、違ったんだね。うっかり先入観で、パパと、娘と、そしてママかと」

「ま、ま……」

私はわななく。リオ様が突如、ガタァンッ！　と床に膝をついた。

「ももも申し訳ない！　嫁入り前の婦女子にそんな風評被害を与えてしまうなど……!!　かくなる上は、今は死ぬ訳にはいかないが軽く腹を切ってけじめを」

「いやーっ！　三年前にリフォームしたばかりのエントランスで刃傷沙汰《にんじょうざた》はやめてーっ！」

「お、おじさまもリオ様も落ち着いて～！」

ラブボくんはというと、こちらも床で笑い転げ使えない。

「ほ、他のお客様もいるから！　ねっ！　み、みんな部屋に行くわよ！　ほらラブボくん！　あんたも手伝うのよ、もーっ！！！」

慌てる私の隣で、ルイセ様がこほんと咳払いする。

「兄さま、ご迷惑になってますし恥ずかしいです。おやめください」

「む……」

リオ様がはっと我に返り立ち上がる。そして腰を抜かしたおじさまに手を差し出し、王子様然とした謝罪をした。

「申し訳ない、店主殿……貴殿に迷惑をかけてしまった。非礼を許してほしい」

「は、はわ……♡　もちろんです……♡」

宿のおじさまが目をハートにさせて立ち上がる。状況はなんとか落ち着いたようだ。

「まったく、兄さまはいつでも大げさなんですから……」

腰に手をあてて、口を尖らせるルイセ様。その様子に私が笑っていると、私を案じるようにルイセ様が見上げてきた。

「先生こそ、大丈夫ですか？　……母という言葉に、ひどくうろたえていらっしゃったので」

こちらの表情もしっかり見ていたルイセ様を侮れないと思う。そろそろ話すべきときかもしれない。肩をすくめて答えた。

「後で説明するわ。まずは今夜の宿に入りましょう」

「そうですね。兄様もここに置いておけませんし」

部屋に入って落ち着いたところで、私は「母」という言葉に狼狽《ろうばい》した理由を説明した。

幼い頃から子どもを虐める継母になる悪夢を見ていた事、その夢を現実にしないように回避し続けていた事を。

「ごめんなさい。私が変な態度を取っちゃったから大騒ぎにしてしまって」

ソファに並んで腰を下ろし、私の話を聞いてくれた兄弟は納得した顔で頷いてくれた。

「なるほど。それなら母親と勘違いされたら狼狽するだろうな」

「先生は、そんな人ではないから、大丈夫ですよ」

「ルイセ様……」

年よりずっと大人びた眼差しで、ルイセ様は私をまっすぐに見つめる。

「ぼくに対して、先生はとても優しいではないですか。……拗《す》ねていたぼくにだって、話を聞いて、丁寧に悩みを解決してくれたじゃないですか。……だから、夢は夢です。ぼくがその証拠です」

穏やかな言葉に、私は目頭が熱くなる。ルイセ様の隣で、リオ様も頷く。

「私たち兄弟がこうして前に進めているのも、ロゼマリア殿のおかげだ。あなたが森にとどまってくれて、弟のために腐心してくれて、心から感謝している。……私も、あのままだったら心が折れていたと思う。あなたが……ええと、憧れていた研究者であるあなたが傍にいてくれて、どれほど心強いか」

「ははは」

笑い声が挟まる。私の後ろにいたラブボくんだ。

「どうしたのラブボくん、いきなり笑っちゃって」

「なんでもねえっすよ～」

リオ様はごほんと咳払いする。

「ともあれ、話してくれて感謝する。私もルイセも、あなたが悪夢を克服できるよう一緒に考えていくよ」

「リオ様……」

一人で抱え込んでいた不安。リオ様とルイセ様を不安にさせたくなくて言えていなかった秘密。あっさりと受け入れられて、私は肩がすうっと楽になっていくのを感じた。

「……ありがとう、リオ様。あなたがいれば悪夢も怖くないわ」

お礼を言う私に、リオ様はなぜかむせる。

「お、大げさすぎたかしらね。おほほ」

たかが夢を怖がっているのが恥ずかしくなって、笑ってごまかしてみる。

リオ様は私を見て優しく微笑んでくれた。

「不安になったときは、いつでも頼ってくれ。……必ず力になるから」

◇◇◇

そんな訳でそろそろ目的地ブパンロに到着する。

「見えてきたわね、この丘を下ったところにあるのがブパンロよ」

林を抜けてなだらかな丘陵を下っていく途中、ふと、道の真ん中で馬車が立ち往生しているのが目についた。

御者や使用人らしき人々が表に出て、あれこれ言いながら車輪を眺めて頭を抱えている。

「車輪が外れたのかしら」

馬車の中から子どもと従者の二人組が出てくる。待ちくたびれたのだろう。

明らかに貴族らしい身なりの金髪巻き毛の少年と、ローブを纏った長身の男性魔術師だ。

フードからこぼれる癖のない銀髪とその背格好には見覚えがあった。

「あら、シルじゃない！　久しぶり！」

「ロジィ……！」

愛称を呼ばれ、銀髪の魔術師が振り返る。おっとりとした糸目の彼の態度に、隣にいた子どもが手を引く。

「シル、あの女は誰だ？　恋人か？」

「失礼ですよ、エドワード様」

シルは優しく注意して、彼に耳打ちする。エドワードと呼ばれた少年は、びっくりした顔をした。

「あ、挨拶はどうすればいい……？」

「いつも通りなされればいいんですよ」

どうやら挨拶チュートリアルに選ばれたらしい。

私が背筋を伸ばして笑顔を作り、久しぶりにカーテシーをする。

「はじめまして、私はロゼマリア・アンジュー。シルヴィス様の学生時代の同期です」

彼はぎこちなく紳士の辞儀をする。

「は、はじめまして。……おれ……じゃなくてぼくは……エドワード・デリスデン、です」

ぎこちない緊張混じりの挨拶が可愛らしい。私は馬車を示して尋ねた。

「車輪が壊れていらっしゃるの？」

「ああ。なぜかなかなか引っこ抜けなくて……」

見ると御者や使用人が泥まみれになりながら、必死に引っこ抜こうとしていて哀れだ。

「私もお手伝いするわ」

腕まくりする私の後ろから、ルイセ様がやってきた。エドワード様がルイセ様を見て、一瞬目を丸くした後私を見上げる。

「ロゼマリア様、あの子は……」

「ああ、今一緒にブパンロの街まで服を仕立てに行く途中の……」

私は言葉を切る。ルイセ様をどう紹介すればいいのだろうか。身分もそうだし、女の子の服を着ている男の子という事情の複雑さを、ここで言うのも微妙だ。

そう思っているうちにルイセ様にちょいちょいと袖を引かれ、ためらいがちに耳打ちされた。

「ロゼマリア先生、あの車輪のところ、なんだか変な感じがするんです」

「変な感じ？」

その言葉に、私ははっとする。

「もしかして……精霊の気配がするって事？」

ルイセ様が頷く。

「……もしかして、あれは……精霊が、いたずらしてるんじゃ……」

無意識に胸のあたりを押さえるルイセ様。精霊魔術は体で感じると聞いた事がある。

私はルイセ様と一緒に車輪のところにいく。私はただの泥に見えるけれど、違うものが見えているらしい。車輪の近くに行くと、従者や御者が困惑する。

「ちょっと魔力の変な感じがするから、見学させてちょうだい」

「し、しかし」

そこでシルが言葉を挟む。

「問題ない。彼女は元宮廷魔術師だ、その道のプロだから任せなさい」

シルの言葉に困惑しながら人々が車輪から離れ、遠巻きにこちらを窺う。

車輪の前にしゃがみ込み、ルイセ様は耳に手を当てながらぶつぶつと言う。

聞いていると、精霊魚のおじいさまと話しているようだった。

「……うん、わかった。おじいさま、やってみるよ」

そこで耳から手を離すと、ルイセ様は車輪が沈んだ泥に手をかざす。周りに聞こえないほどの声で小さく呟いた。

『土の精霊よ、手のひらぶんの魔力をあげるから、どうか力を貸して』

次の瞬間、土の中で音が鳴ったかと思うと、車輪がぐぐっと上に浮かび上がってきた。

周りの人々の歓声が響く。私はルイセ様を抱きしめた。

「すごいわ！　森の外でも精霊魔術を扱えるようになったのね！」

ルイセ様は自分がやった事が信じられないのか、手のひらを見つめてにぎにぎしている。イヤリングの精霊魚のおじいさまがぴるっと動いた気がした。

それから従者のみなさんに車輪が出た事を告げると、何度も何度も感謝される。

興奮したリオ様に抱き上げられてくるくる回されて、ルイセ様は照れている様子だった。

「やったじゃないか」

「に、兄さまはずかしいよ」

微笑ましい兄弟のやりとりにぱちぱちと拍手をしていると、シルが私に話しかけてきた。

「あの子、魔術師の才能があるのかい？」

「ええ。今はあの子の先生をしているのよ」

「……訳ありってことかい？」

シルが細い双眸の奥から、もの言いたげな眼差しで私をじっと見る。

「まあね。でも安心して、怪しい方々ではないわ」

いくら昔なじみとはいえ、リオ様とルイセ様の正体は明かせない。

「危ないことに首を突っ込んでいるのなら、僕としてはできれば止めたいのだけど……」

「それはないって。心配しないで、この私よ？」

私が胸を張って言うと、シルはふっと肩の力を抜いた。

「そうだな。実質王国最強の魔術師の君が言うのだから大丈夫だよね」

「ええ」

その時、シルがすっと一歩近づいて囁く。

「けれどくれぐれも気をつけて。……君は最強魔術師であると同時に、とても魅力的な女性なのだから」

「あら、それは光栄だわ！」

心配してくれる彼の優しさに、私は嬉しくなる。

学生時代の友人に会うのは本当に久しぶりで、なんだか急に昔に戻ったような気持ちにさせられた。

「ロゼマリア殿」

後ろから、リオ様の鋭い声が響いた。

「先を急ごう。彼らも日が落ちる前に街に着きたいだろう」

リオ様の言葉に私は頷く。

「わかったわ。じゃあシル、また会いましょうね！」

シルは何かを言いかけたが、リオ様のほうをチラリと見やった後、ふっと目を細めた。

「うん、じゃあ気をつけて――」

そのとき、エドワード様がてててと駆け寄ってきた。

「あ、……待って！」

興奮した様子で、頬を赤くしてエドワード様はルイセ様を見る。

「あの、あ……ありがとう。助かったぜ。お、おまえ、名前は？」

突然話しかけられてきょとんとしながら、ルイセ様は答える。

「ぼくはルイセだよ。ルイセージュ」

「そ、そうか……ルイセ、か……」

エドワード様は顔を真っ赤にしてうつむく。もじもじしながら、彼はルイセ様に言った。

「あのさ！　あの街に行くんだろ？　おれ、おじいさまの家に遊びに行くんだ。だから……遊びに来いよ！　すっげー面白いカエルが庭にいるからさ！」

「あの……兄さまが、いいって……言ってくれたら……」

困ったふうにルイセ様がリオ様を見やる。そういえばルイセ様は同世代のお友達はいないのだ。

私はリオ様に耳打ちした。

「せっかくなのでご招待お受けしない？　デリスデン侯爵家ならしっかりしたお家柄だし、今後のためにも良いご縁になると思うの。もちろん私が相手方に事情を話して、身分の詮索はされないようにしておくわ」

デリスデン侯爵家なら、貴族のお忍びを詮索したりはしないだろう。そのあたりの配慮は貴族同士、お互い様の不文律だ。

リオ様は少し逡巡した様子だったが、頷いた後にルイセ様を見て言った。

「せっかくだ、同年代の友達と遊ぶのはよい事だ。お誘いを受けよう」

リオ様の言葉に、エドワード様は頬を赤らめて大喜びする。

「……な！　兄さまも、いいって言ってくれたぞ！　来てくれよ！」

「わ……わかったよ。約束する」

「やった、約束な！　……へへ、女の子を呼ぶのは初めてだ」

「「「あ」」」

「え？」

同時に変な声を出した私とルイセ様、リオ様。シルとエドワード様が首をかしげる。

「どうした？」

「……あの……ぼく、……ぼく、は……」

顔を真っ赤にして、恥ずかしそうにスカートをぎゅっと握りしめ、ルイセ様は絞り出すように本当の事を口にする。

「まじかよ！！！！！！！」

エドワード様の叫び声に——ばさばさと、鳥が飛んでいった。

◇◇◇

まずは街についてすぐに仕立屋に行った。

元々『トキシック・アップル・ファクトリー』の商売でやりとりしていたし、こちらが来る事を手紙で伝えていたので、案内はスムーズだった。

私の様子を見て仕立屋の老主人は孫を見たように歓迎してくれて、ルイセ様の事情を話すと二つ返事でさっそく少年の服を仕立ててくれると言ってくれた。

まずは見本を持ってきてくれると言うので、待ち時間は客間でお茶をいただいていた。

老主人ははははと笑う。

「珍妙ならぶぼという男から連絡が入ったときは仰天しましたが、ロゼマリア様の従者と伺って納得しましたよ。いやはや、いつも珍妙な装いと言葉遣いの方ですが、目玉が出るほどすごい糸や素材をお持ちになるので驚いております。時々うちのアンティーク商品の目利きもしてくださって助かってるんですよ」

「ラブボくん、あなた随分活躍してるのね？」

隣のラブボを肘でつつく。

「いやははは。『トキシック・アップル・ファクトリー』の屋号をどんどん広めていきたいっすからね」

そしてラブボくんとは反対側。私の真横に座ったルイセ様はこわばって小さくなっていた。

ふんわりとしたスカートの上に置かれた小さな手が、ぎゅっと拳を作っている。

リオ様がずっと案じるように背中を撫でてあげている。

それでも、震えは収まらないようだった。

「無理しなくてもいいんだぞ」

「……ううん、ぼくが、決めた事なので……」

ゆるゆると首を振るルイセ様。普段はしっかり者だから、忘れてしまいそうになるけれど、彼はまだ六歳なのだ。

震えながらも心の傷を乗り越えようとする姿に、胸の奥がぎゅっと苦しくなる。

老主人が準備で部屋を去ったところで、私はルイセ様の手を握った。

人前で手を握られるのは嫌だろうと思っての判断だ。

「ルイセ様。ここまで来れただけでもたくさん頑張ったわ。あとは……今日はここをゴールにするのと、もう一歩だけ進むのと、どちらがルイセ様にとって満足できるかで決めてみましょうか」

「……どういう事ですか……？」

大きな水色の瞳でルイセ様が見上げる。私は指を二本立てて説明する。

「今日はここまでやれた自分を褒めて、今後も女の子の服を着続けるほうが楽なのか、もうちょっと頑張って男の子の服を着たほうが満足できるのか、考えてみるの。まだ女の子の服でもいいのなら、今日はここまで頑張ったって事で、女の子の服を仕立ててもいいと思うの」

「ここまで来たのに……ですか？」

「そう。来られたのだから、確実に一歩先に進めたのよ」

「……来られた……」

「そうよ。森での暮らしは続くのだし、女の子の格好でもいいじゃない。スカートやフリルが活動に邪魔なら、シンプルな服を作ってもらいましょう。女の子の服だって楽しく走りまわれる服は作れるわ。私が保証済みよっ」

どんと私は胸を叩く。私は令嬢にしてはとんでもなくおてんばだったので、アクティブに全振りしたドレスを着ていたのだ。

「たとえば私が子どもの頃に着ていた服はね……」

近くに置いてあったメモを借りて、私は昔自分が着ていた服を描く。

「……いもむしの……かけっこですか……？」

「花畑から厄災が飛び出す絵か……？」

兄弟は私の手元を見て眉根を寄せる。

「しまったわ、絵心のなさがこんな時に足を引っ張るなんて」

「はいはーい、俺が描いてあげるっすよ、ご主人」

「えっ」

私から筆記用具をひょいと取ると、ラブボくんがさらさらと絵を描く。

そこには絶妙なデフォルメで描かれた、わかりやすい絵が完成した。手足を大きく振って元気に駆けまわる、ブラウスとベスト、スカートとエプロンの組み合わせの女の子。

「そうそう！　まさにこういう絵を描きたかったの！　服が全部分かれているから、破れたり汚れたりしても直しやすくてね。それに洗える丈夫な生地で作ってもらっていたわ。そしてなんと！

スカートには半ズボンが内蔵されていたから、木登りしても下着が見えなかったの！」

懐かしい思い出がよみがえるようで嬉しくなる。親も使用人たちも私をまっとうな令嬢にしようと必死だったけれど、最終的には「元気に犯罪を犯さず生きてくれたらそれでいい」に落ち着いた。

両親には随分と苦労をかけた自覚はある。だからスノウの継母になったとき、喜んでくれたのはほんのすこし、親孝行ができてよかったなーとは思わない事もなかった。

余計な事を思い出しかけたので、私はラブボくんに尋ねる。

「ところで私が描きたかったもの、どうしてわかったの？」

「へへ、俺とご主人の仲だし？」

「もー言うじゃない」

私たちが笑い合っていると、リオ様がごほんと咳払いする。私は慌ててルイセ様を見た。

ルイセ様はラブボくんの描いた女の子の服を真剣に見つめていた。

「ごめんなさい、話を戻すわね。とにかく、女の子の服を着ていてもなんでもできるわ！　ルイセ様も無理に男の子の服を着る必要はないの。むしろ今日ここに来られただけでもすごい事じゃない！　精霊魔術で人助けもできたのだし、ねっ」

「……そう、でしょうか……」

「あったりまえでしょー！　すごい事よ！　六歳児の時の私なんて、オリジナル魔術を作ってみるなんて言って、酸の雨を降らせて庭園の草木枯らしちゃった頃だし」

「うえー迷惑すぎご主人」

「反省してミント植えたもの、それでまた怒られたけど！」

「ロゼマリア殿、あなたって人は……人としてやっていい事と悪い事があるのでは……」

「精霊として失望したっす」

「ご、ごめんなさい！　それから一年かけて庭仕事をして反省しました！　ほんと許して！」

「ふふっ」

ぽかんとしていたルイセ様が、はじかれるように吹き出す。

「もう、先生ってば……やんちゃすぎです……ふふ」

緊張が解けた笑顔を見せたルイセ様にほっとする。私はみんなを見た。

「ね？　ルイセ様ってしっかりなさってるわよね？」

「ああ。私はお前が弟で誇らしいよ」

頷いてくれるのはリオ様。隣でラブボくんもそーそー、と笑う。

「可愛いのに賢くって真面目で、偉いっすよ。俺見た事ねーけど、絶対ご主人の子どもの頃の一〇〇倍偉いから。なんなら今のご主人より」

「も、もう！　話戻すわよ！　こほん……とにかく、今のままでルイセ様は十分ステップアップしてるの。それを踏まえての提案なんだけど」

私は指を立てて、もう一つの提案を語る。

「もし、男の子の服を着られるようにもうちょっと頑張りたいなら、もちろん応援するわ。勇気を出して男の子の服を仕立てられたら、最高に大成功だもの。常に着るのが辛いなら、女の子の服も一緒に仕立ててしまえばいいのよ」

「……二着、ですか？」

いいのだろうかと、兄の顔を見るルイセ様。リオ様は頭を撫でて肯定した。

「今日の服は、ビッグチャウチャウの毛を収穫して糸にしたルイセが稼いだものだ。ルイセが使いたいように使いなさい」

「ぼくが、……服を仕立てられるだけ、稼げたんですか？」

信じられないといった顔をしている。

お金になっているのはわかっていても、その働きがどれほどの価値を生んだかはピンときていなかったのだろう。リオ様が頷く隣で、私も一緒にうんうんと頷く。

「お金の心配は要らないんだもの。心のお守りとしての女の子の服と、チャレンジとしての男の子の服を作ったっていいじゃない。一度作っておけば、もし普段は女の子の服を着ていても、挑戦したくなったときにいつでも着られるわ」

「確かに……」

ルイセ様は想定外の答えが提示された、という顔をしていた。

今日は『男の子の服を仕立てる』という目標でここまで来た。仕立屋でいざ怖《お》じ気《け》づいてしまったという経験が、ルイセ様の次のチャレンジに暗い影を落とすのは本意ではない。

今日はやめておくという撤退の余地を残した上で、ほんの少しのチャレンジを提案するのだ。できるだけハードルの低いチャレンジを。

私はルイセ様の手を取り、震えを取るように撫でる。そして言う。

「不安な気持ちを解決するには、できる範囲で『やってみる』のが一番近道なの。うまくいってもいかなくても、やると決めて動けたって結果が手に入るからね。……少しでも踏み出せば、『不安』は薄くなるのよ」

頑張って恐怖を克服した、頑張って自分を少し変えられた。

その成功体験の積み重ねで、ルイセ様は前に進めるのだ。

リオ様が頭を撫で、優しく話しかけた。

「私はルイセの選択を応援するよ。お前は自分でよく考えて、お前に一番いい選択ができる子だ」

「……ぼく、は……」

ルイセ様はたっぷりと逡巡した後、顔をあげて私たちを見た。強い眼差しだった。

「ぼく、試してみます。男子の服を。……作ってもらってもいいですか？」

「もちろんよ。ねえ、リオ様！」

「ああ。その決断を祝福しよう」

私たちは代わる代わるルイセ様をハグして激励する。

ルイセ様がようやく表情を緩ませて微笑めるようになった頃、老店主夫妻が私たちを呼んだ。

ついに、仕立てが始まるのだ。

◇◇◇

「うーーーーあーーーー」

フィッティングルームにはリオ様とルイセ様が入り、私はラブボくんと一緒に待合室に待機していた。

テーブルにはご夫人のご厚意でレモンケーキと紅茶が追加されている。

良い匂いのなかぐるぐると落ちつきなく動きまわる私を、ラブボくんが椅子で髪をいじりながら眺めて笑う。

「ご主人、檻の中の魔物みてーっすね。まじうける」

「あんなふうに発破かけたけど大丈夫だったかしら——」

「あれ、ご主人の事言ってたんしょ？」

「なんの事？」

「不安なときは行動するのが一番ってやつ」

「あー……そうね、私のポリシーね」

私は机の上に置かれたままの、ラブボくんが描いた絵を見た。

「悪夢にうなされて怖かった。だから嫌な未来を回避するために行動した。その先に今の私がいる
――それは、間違いない事実だわ」

「余計な事しねえほうがよかったんじゃとか、思わないんすね」

私はラブボくんの顔を見た。ラブボくんは私をまっすぐ見つめていた。

ラブボくんは、感情の読めない顔で続ける。

「行動してもしなくても、ご主人はなんだかんだ子どもに接する運命じゃないっすか」

「それじゃだめなのよ」

「えー？」

「だって、未来がどうなるかなんて決められないし、怖がっててもしょうがないでしょう。そのときその瞬間、私はこうしたほうがいい！　と思った事を続けて、その結果が人生だから。未来は怖いけど、怖いからって実際に選択してきた過去を後悔したりこーしなきゃよかったとか思ったって、何にもならないわよ」

「ぶは」

「な、なに笑ってるのよ」

「んー、やっぱご主人、ちょーおもしれーなって。マジ好きだわ」

「そ、そりゃどうも……でもラブボくんらしくない事聞くわね。どうしたの？　悩みでもあるの？

話聞くわよ?」

「いや、俺は精霊だし悩みなんてねえっすよ。あんまりにもご主人が闇も病みもゼロすぎて、面白くて聞いちゃっただけで」

「や、病み? 闇?」

私たちがこうやって会話をしている間も、ルイセ様は頑張っている。

「……応援してるわよ」

私はぎゅっと拳を握り、フィッティングルームの方角を眺めた。

◇◇◇リオヴァルド視点◇◇◇

フィッティングルームに通され、並べられた男児服を前に、ルイセは固まっていた。

仕立てる前にサンプルを着てみる事になったのだが、実際に袖を通すとなると気持ちが挫けてしまうらしい。

「やはり、無理はしなくても」

案じるリオに、ルイセはしっかりと横に首を振る。

「……ぼく、は……」

「お前の覚悟を尊重しよう。私はここにいるから、ゆっくり服と向き合いなさい」

ルイセはこくんと頷く。服を睨んで、胸に手を当て、ぎゅっと、固く拳を握っている。

リオは気を遣わせないように、ソファに腰を下ろしてルイセを見守る事にした。

たかが服、されど服。ルイセは愛から隔離された環境で、己の生殺与奪を握った使用人たちの元で罵倒され続けてきた。

不義の子として母を罵られ、生まれてきた事を罵られ。

他人には見えないものが見えて、気持ち悪がられ、己に見えている世界を否定され続け。

その中の一つが「男子に生まれなければ良かったのに」という、一人の人間を根底から全否定する暴言だ。

毎日積み重ねられていく否定が、ルイセを異性装に閉じ込めた。

自分が女の子だったら。自分が自分でなかったら。こんなおかしい子どもではなかったら。

誰も、不幸にならなかったのにと。

リオはルイセを愛している。末弟が生まれて本当に嬉しかったのだから。

だからルイセの境遇を知って以来、一つ一つの呪いを全力をもって破壊してきた。

劣悪な環境と引き離し、愛していると言葉と行動で伝え、ルイセの才能と可能性を探した。食事を変え、運動をさせ、人のいない森の静かな環境でようやくルイセはまっすぐリオの顔を見られるようになった。次はロゼマリア殿との出会いで己の運命を知り、ラブボ殿や精霊と接していくうちに内輪では普通の少年のように過ごせるようになった。それだけでも奇跡なのだ。

回復は心の傷を乗り越えようとするルイセの強い意志があってこそのものだ。

だからこそ無理をさせすぎたくない。

本当はまだ、女装のままでもいいのではとリオは思っている。

己の本質――ルイセ第四王子という己を包み隠す、社会に対する緩衝材としての女装。

ルイセが笑顔で過ごすための鎧ならば、無理に脱がずとも良いのでは、と。

――けれど。

リオはルイセを見た。弟は深呼吸をして、男子の服を見つめている。

一見ではさっきから微動だにせず、ただじっと眺めているだけに見えるだろう。

ルイセの中では壮絶な葛藤《かっとう》があるにちがいない。

不安と恐怖、そして乗り越えるための勇気。

「……ぼくは……」

誰に言うでもなく、ルイセは小さな声で呟いた。

「ぼくは……今でも、ちゃんと王子として……頑張れてますか……?」

「当然だ。さっきロゼマリア殿も言っていただろう。気休めじゃない。実際にお前はすでに結果を出しているんだ。自信を持ちなさい」

ルイセは視線をさまよわせ、そして言う。

「……ぼくは……ぼくに女の子の服を着るように言った人たちより……兄さまやロゼマリア先生の

事を信じたい……ぼくが、女の子の服を着ているあいだ、ずっと……ひどい事を言ってきたひとたちのほうが、兄さまや先生よりも正しいって言ってるみたいで、ぼくは……嫌だ」

「ルイセ……」

そんな事を考えていたのかと、驚く。

「兄さん。お願いがあります。ぼくの背中を、叩いてください……騎士の人たちとしていたみたいに、背中を叩いて、はげましてください。そして大丈夫だって、ぎゅってしてて……」

リオは立ち上がり、ルイセの震える背中の後ろにしゃがむ。そして望まれるままに背中を強めに叩き、小さな弟の体を後ろからぎゅっと抱きしめた。

頭を撫でながら、言う。

「安心しなさい。お前は強い。私の大好きな弟だ。……頑張れ」

「……はい」

深呼吸をして小さく返事をしたルイセの顔つきが変わる。

先ほどまでの逡巡を感じさせない手つきで、置かれたブラウスを手に取る。そしてひたすら黙って待っていてくれた仕立屋の老夫婦の側まで一人で歩いて行った。

「おねがいします」

服を差し出したルイセの前で、老夫婦が頷き合う。

服を着付け始められるルイセは、堂々と女の子の服を脱ぎ、男子のブラウスに袖を通す。

リオは眩しいものの誕生を目撃するように、ルイセの姿から目を離せなかった。

◇◇◇

こんこんとノックがされる。

「!!」

私は反射的に立ち上がり、その拍子に足首がグキッとなり、思いっきり転がる。

「ぎゃーっ」

「ご主人なにしてんすか」

転がった私に呆れながら手を貸すラブボくん。扉の向こうからこわごわと窺うようなルイセ様の声がする。

「大丈夫ですか？　その……開けて、いいですか？」

「いいわよ！　いいわ！　じゃんじゃん開けて！」

ドアをきしませながら入ってきたルイセ様の姿に、私は再びドターンッと転ける。

「〜〜〜ッッ!!」

「先生っ!?」

「だ、大丈夫、大丈夫よ、平気、ルイセ様、……」

私はへたりこんだままルイセ様を見上げた。

私を案じて駆け寄ってくれたルイセ様は男児の服を纏っていた。

長い髪を一本の三つ編みにまとめ大きな襟で愛らしさもあるシャツに、瞳の色に似合う淡い水色のハーフパンツを合わせ、襟元に鮮やかな水色のリボンタイを添えた、正真正銘、男の子の服装だ。

――どれほどまでに、勇気を出して袖を通したのか。

――どれほどまでに、これまで苦しんできたのか。

思った瞬間、思いっきり視界が歪む。制御不可能な思いがこみ上げて涙になり、次から次に目からこぼれて止まらない。私は大慌てで顔を拭う。

「あっ、ごめんなさい、こんなっ泣いたらだめねっ、だって頑張ったのはルイセ様とリオ様だものっ、私がっこんな泣くなんて……」

笑ってごまかしながらルイセ様を見て、限界が訪れた。

だばーっと涙が溢れて止まらない。

私はラブボくんから受け取ったショッキングピンクのハンカチで涙を拭う。嗚咽を漏らして号泣してしまう私に、ルイセ様のほうが心配そうに声をかけてきた。

「あの……大丈夫ですか……？」

「ルイセ様…………っ……!!　頑張ったわね……ご立派、よ……!!　素敵よ……素敵よっ……!!」

「ロゼマリア先生……」

「すごいわ……なんて事なの……よく似合うわ、もっとよく見せてちょうだい」

私は涙を拭い、ルイセ様の姿をもっとよく見る。髪をしっかりとまとめるとリオ様によく似ていて、誰がどう見ても兄弟だとわかるほどだ。真新しいシャツもリボンタイもよく似合っていて、絶妙に中性的な服装は、ルイセ様の心の傷に優しく寄り添ったデザインのように感じられた。手足もしっかりと長く伸びていて、子どもでありながら、女児の柔らかで細い手足とは明らかに違う。しっかりとした男児の手足だと改めて思った。

「凛々しくて素敵よ、見違えるようだわ。女の子の格好も可愛かったけれど、よく似合ってるわ」

気づけばリオ様も傍にいた。リオ様はルイセ様の肩を叩く。

「よくやった。さすが、ティラス王家の第四王子だ」

「えっ」

言っちゃっていいの!? と、反射的に老夫婦を振り返ると、二人は顔を見合わせて肩をすくめた。

「そりゃあ、お嬢様……我々の界隈《かいわい》ではまことしやかに言われていた事ですからね。隣国第四王子が女児の装いをしているという事は」

「仕立屋の界隈、結構狭いのですよ」

ふふふと笑う二人。

「あ、あのっ、この事は内密にしてちょうだい……」

「当然ですよ。お嬢様は私たちを信頼してここを選んでくれたのでしょう」

「えーん二人ともありがとう」

「あいかわらず驚かされる事ばかりですわ、お嬢様には」

仕立屋夫婦はルイセ様とリオ様に向き直った。

「今日は仮のセミオーダーの商品をご用意しましたが、ご注文いただきました商品は改めてお届けできるようにいたします」

「そのときは、また試着したいな。ここにまた来ても、いいかな？」

ルイセ様が堂々と二人に尋ねる。二人は丁重な辞儀を返した。

「いつでもお待ち申し上げております、両王子殿下」

ルイセ様とリオ様は、顔を見合わせて屈託なく微笑んだ。

◇◇◇

その日の夜はエドワードのお祖父様の家にご招待を受ける事になっていた。

真新しい男の子服で屋敷へやってきたルイセ様に、庭で遊んでいたエドワード様は目を輝かせて駆け寄ってくる。

「なんだよ！　お前、男の服に着替えたのかよ！」

「当然だろう、ぼくは男子なんだから」

胸を張るルイセ様がどこか、私とリオ様の前で見せる態度とは違って不思議だ。

やっぱりお友達の前の顔と、兄の前では違うのだろう。健全だ。

「来いよ、お前にすげーカエル見せたいって言ってただろ！」

「でもまだ荷物や挨拶が……」

「えー」

リオ様が二人の元に近づいて、エドワード様とルイセ様の頭を撫でる。

「挨拶はしなければならぬからな。終わったらすぐにルイセを庭に行かせるようにしよう」

「ありがとう！　んじゃ、待ってるからな！」

エドワード様は元気よく庭のほうへと戻っていく。使用人たちがわらわらと彼を追いかけていくのを見た。まるで昔の自分を見ているようだと、内心私は思った。

それから、私たちはエドワード様の祖父母に挨拶をした。

エドワードのお祖父様はレストブラウ侯爵で、向こうが私を覚えてくれていたので助かった。

「アンジュー公爵家のロゼマリア嬢の教え子様でしたら、やんごとなき方であるとお察しいたします。エドワードが世話になりましたし、今回の件はあくまで子どもたちの交流を優先という事にいたしましょう」

「そう言ってくれて助かるわ！　ありがとう！」

その夜は夕食会を開いてもらい、エドワード様とルイセ様はすっかり意気投合して、一緒に寝たいと言い出した。

「でも……ぼく、変なものが見えたりしたら……」

怖がるルイセ様に、ラブボくんが名乗り出る。

「んじゃあ俺、一緒の部屋にいるっすよ。鏡になっときゃばれねえし、なにかあったら俺を通してご主人にもリオっちにも連絡できるから」

「そうね。なにかあったら音速で行くから、安心して」

「楽しんでおいで」

「はい……！」

リオ様に頭を撫でられると、ルイセ様はエドワード様と一緒に去って行った。

急に廊下が静まりかえる。ふと、リオ様がぽつりと呟いた。

「……ルイセと離れるのは、久しぶりだな。離れて眠るなんて……いつぶりだろうか」

リオ様はどこか肩の荷を下ろしたような表情をしていた。

「いつもお疲れ様、お兄さん」

背中をぽんと叩いて言うと、リオ様は眉を下げて笑った。

そこに家令が話しかけてくる。

「もしよろしければ寝る前のお酒はいかがでしょうか。早寝で酒は付き合えなくて申し訳ないが楽しんでほしいと、主人から仰せつかっております」

「それはいいな」

リオ様の顔が綻ぶ。意外とお酒がお好きらしい。

「私は飲めるが、ロゼマリア殿は」

「良いわね。お酒を飲むなんていつぶりかしら」

私たちは家令に案内されるままに場所を変え、個室のバー的な場所に通される。

魔術で施された柔らかな間接照明はロマンチックで、ふかふかのソファも座り心地の良い、いいムードの部屋だ。

遠いバーカウンターからシェイク音が聞こえ、私たちの前にカクテルが置かれる。

私は弱く作ってもらったシャンパングラスのもので、縁に魔石を模した砂糖菓子が刺さっている。

リオ様のものは、深い色とミルクのようなものが二層になったものだ。

乾杯の後に口に入れたそれは、炭酸に甘いシロップが入ったような、可愛らしい味だった。

「子どものジュースみたいで飲みやすいわ。そうだわ、色を混ぜて飲むジュースなんて、面白いかもね。精霊魚のおじさまに頼んだらできるかも」

「あなたはいつも楽しい事を思いつくんだな」

リオ様はどこかくつろいだ様子でグラスを弄んで私を見た。夜空色の瞳が僅かに緩んでいる。初めて見る表情だった。

「こうした場でいざ話そうとすると、……話したい事がうまく出てこないな」

「二人で穏やかにカクテルを味わっているのも、大切な時間よ」

リオ様が、「そうだな」と柔らかい声で呟いた。

「あなたはいつでも前向きだ。今日はルイセも私も、本当にあなたに助けられた。……まさかこんなにすんなりと男児の服を着られるようになるとは思わなかった」

「ルイセ様の努力と、リオ様の支えあってのものよ！　私は背中を押しただけよ」

「……ありがとう」

「こちらこそ、感動的な場面に立ち会わせてくれてありがとう」

男児の服を着て、誇らしげに出てきたルイセ様の姿を思い出すだけで涙腺が緩む。

「あー本当に嬉しい……涙が出てきちゃう、うふふ」

ハンカチで目を拭って落ち着いたところで、リオ様が切り出した。

「昼間の彼とは……その、恋人関係にはならなかったのか？」

私は思わず顔をまじまじと見た。

「あなた、そういう事言う人だったのね」

「いや……彼はあなたを好いているようだったし……そういう事もあったのかと」

私は思わず吹き出した。

「うふふ、やあねえ！　ないわよないわよ。ただの学生時代の友人なんだから」

「そうかな。彼がどう思ってるか聞いた事は？」

「聞かなくてもわかるわよ。だって私、浮いた話はちっともなかったし、欲しいとも思わなかったわ」

私は涙を拭い、ランプを見つめて過去を想う。

「結婚しないつもりで生きてきたし、誰かに恋愛感情を持った事もないわ。研究と美味しい物と、楽しい事で人生いっぱいだったもの」

「ロゼマリア殿」

リオ様の視線が、私の横顔を見つめていた。

ラピスラズリのような深い青の瞳が、まっすぐ私を射貫いている。

「あなたは……悪夢を回避する人生すら、楽しんできたんだな」

一拍置いて、噛みしめるように続ける。

「私は、あなたのそういうところが……眩しい」

「リオ様……」

笑い飛ばす話ではないのだと感じ、私も背筋を伸ばして顔を見る。

「あなたの前向きさがルイセに良い影響を与えてくれたのだと思う。だからこそ――」

リオ様は言葉を選ぶように逡巡したのち、言葉を見つけて私を見た。

「ルイセだって呪いを解けたんだ。これからあなたも、悪夢から解放された幸せが……見つかってほしいなと、願っている」

「悪夢から……解放……」

私は目の前が開けるような思いがした。

これまで気づけなかった何かに目覚めるような、そんな感覚だった。

「……そう、ね……」

私が魔術学園に入り、宮廷魔術師の道を進んだのは独身でも生きていくための手段だった。

悪夢から逃げるために普通の令嬢としての道を選ばなかった。その生き方に後悔はないし、私はこの人生に大満足だ。それでも――リオ様の言葉は、嬉しかった。

「ありがとう、リオ様。そうね、ルイセ様にああ発破をかけちゃったからには、私も少しずつ変わっていきたいわ」

「それがいい。……あなたは子どもを虐めるような人にはならないよ。私が保証する」

「ふふっ、第二王子殿下に保証してもらえるなんて、勿体ない事だわ」

ここまで言って、私はふと気になった。

「あなたのほうこそ婚約者は？」

リオ様は首を横に振る。

「いない。外交の駒として空けられたままだ。そもそも騎士団の仕事が忙しくて見合いどころでもなかったからな。それにルイセの問題が起きてからは、自分の事なんて考えられなかった」

「じゃあリオ様も一緒ね」

私が顔を覗き込むと、リオ様が身じろぎする。

「一緒……とは？」

「お互い、これからは恋愛もチャレンジしていきましょ！」

「そ、それは……どういった意味に捉えればいいのか……」

リオ様がみるみる真っ赤になる。私は笑って答えた。

「お互い、何か新しいときめきがあれば報告しましょうね！　恋愛同盟だわ！」

私はすがすがしい気持ちでカクテルを飲んだ。

今夜は、すっきりと良い夢が見られそうだ。

◇◇◇

「きゃはははっ！　待てよ！」

エドワード様の声。続いて、それに負けないくらい元気なルイセ様の声。

「あはは、待たないよ、だって水かけるじゃないか！」

「おまえもかけてこいよー！」

「あははは！　負けないからな！」

庭には自然の小川が通されていて、そこでルイセ様とエドワード様は楽しく過ごしていた。

ルイセ様の笑顔は、初めて出会った時とは大違いだ。

ルイセ様の事情を知らないエドワード様だからこそ、ルイセ様も素が出せるのかもしれない。

家令が声をかけた。

「お二人とも、お召し替えをしましょう、庭のみかんを収穫しますよ」

「きみのおじいさまのおうち、みかんもあるんだね」

「そうだぜ！　取り方教えてやるよ！」

「うん！」

二人はタオルで水気を拭いて、使用人の皆さんに連れられて森へと向かう。

私とラブボくんも念のための護衛で同行した。

みかん畑は趣味で作られているというにはあまりに広い。

帽子を被ってはしごに登り、収穫する。屋敷の皆さんは子どもにみかん狩りさせるのに慣れているらしく、はしごに登ってみかんを収穫するルイセ様も危なげなくさせてくれていた。

「こっちっすよ！　みかん入れてくれっす！」

ラブボくんが持っている籠《かご》に、ルイセ様とエドワード様のみかんがいっぱいに収穫される。

鮮やかな色が満ちた籠は幸せの象徴のようだった。

ルイセ様がふと手を止め、空を見上げる。

「……気持ちがいい。日焼けしそうだ」

ルイセ様の言葉に、隣の木のみかんを取っていたエドワード様がにししと笑う。

「おまえ全然日焼けしてねえもんな。おれ見てみろよ、ほら真っ黒！」

「対抗しないでよ、日焼け勝負してないもん、ぼく」

笑い合う二人は仲良しそうだ。私は胸が温かくなる思いで、二人の様子を眺めていた。

その後、みかんを持って屋敷へと戻る。

子どもたち二人は昼食前に身を清めるとの事で、二人してお風呂へと駆け出していった。

「ルイセ様、信じられないほど元気になったわね……」

「俺二人についてるっすね」

「ありがとう」

ラブボくんを見送り、私はリオ様を探す。彼はキッチンでシェフにあれこれと質問していた。

「ロゼマリア殿ではないか」

リオ様が明るい笑顔で振り返る。

「コテージに戻った後の料理の参考にしたくてな。おすすめの料理を教えてもらっていた」

「まめねえ」

「私の料理の基礎は騎士の野営食だからな。こうして子ども向けの料理を知ると学びが多い」

ほくほくとするリオ様が可愛い。そして私にだけ聞こえる声量で付け足した。

「ロゼマリア殿が事前に調べていてくれたおかげで、森の外の食材もルイセに出せる」

「力になれて良かったわ」

私は頷く。ルイセ様は精霊の愛し子であるため、通常の人の食事とは違う。けれど外に出るにあたって森の食材だけで生きるのは難しい。そのため、事前にコテージの図書室で精霊の愛し子や、精霊魔術師の食事について調べていたのだ——精霊の祝福がなされた水を使い、精霊の息吹を浴びたものなら美味しく食べられる。

という訳で、精霊魚のおじいさまが井戸水や川の水に祝福してくれていたし、子犬として幌馬車の中に待機していたビッグチャウチャウが、風上で息をしてくれているので風も浄化されている。

実際昨日の夜の食事もルイセ様は美味しく食べられていた。

「ルイセ様も、せっかくお友達ができたのだし……同じものが食べたいわよね」

「そうだな」

私たちはテーブルの準備の邪魔にならないようにキッチンから出た。

テーブルには次々と、昼食が並んだ。

野菜スープを固めたものにバターたっぷりのサンドイッチ、卵に唐揚げ、野菜チップス。

「野菜が多いのね」

私の言葉に、メイドが苦笑いする。

「エドワード様はスープのままにすると、沈んだ野菜を残しがちですので。固める事でまるごと栄養を取っていただくようにしております」

「なるほどね」

「卵と唐揚げはご褒美ですね。野菜を食べた後に食べてもらっています」

それからテラスに面した食堂で食事になった。

エドワードのお祖父様とお祖母様、それに私たちで取った食事。

ルイセ様はこわごわと食事を口に運んでいたけれど、全部大丈夫だとわかると、美味しそうににこにこと食べ始めた。その様子は場の空気をほのぼのとさせた。


食後のデザートはみんなで作る事になった。

キッチンの裏に子どもが使えるようなテーブルと日よけのパラソルを置き、その下でエドワード様とルイセ様、それに祖父母夫妻とリオ様と私とラブボくんで、みかんを剝いて筋をとっていく。

「おれのみかん、めっちゃでかいよ、見て」

「すごいね。ぼくのみかんは小さいのがくっついてる。ふたごみたい」

「なんでぜんぶ一緒じゃねえんだろうなあ」

「それぞれだよね」

小さな男の子が二人でしゃがんで、黙々と手作業をする姿は可愛い。

いつもは背伸びして大人びた口調のルイセ様が、エドワード様といると「ただの男の子」という感じで、本当に可愛い。リオ様も祖父母夫妻も、保護者のみなさんは一様に目を細めて幸せそうに、子ども二人の様子を嚙みしめているようだった。

「剝き終わったみかんはここに入れてくれ。ちょうど半分くらいの高さになるようにな」

リオ様がゼリー型を並べたトレイを持ってくる。皆でみかんを半分の高さまで入れていく。

それを確認すると、リオ様がルイセ様を見た。

「ルイセ。水に祝福を。……一宿一飯の礼と神聖なキッチンを見学させていただいた礼に、特別なデザートを振る舞いたいんだ」

「はい！」

リオ様の考えを察したルイセ様が笑顔で頷き、大きな計量カップを受け取る。

「……」

見た目には水を手になにかを考えているだけに見えるけれど——私にはわかる。

精霊魚のおじいさまに、ゼリーを作ってくれるようにお願いしているのだ。

祈りを終えたリオ様がそっとゼリー型に近づき、中に入っている水、おそらく砂糖水を注ぐ。

数十個の型全てに注ぎ終えたところで、ルイセ様が顔を上げた。

「全て固まっています。次は二層目ですよね、兄さま？」

「ああ」

そしてリオ様から不透明の白いゼリー液を受け取ると、再び、順番に型をゼリー液で満たす。

「おまえ、なにを作ったんだ？」

話しかけたのはエドワード様だ。エドワード様に向かって、ルイセ様は自信たっぷりに答えた。

「二層のババロアゼリーだよ。もう型から出して食べられるから、見てよ。綺麗だからさ」

ルイセ様が一つ、お皿にそっと出す。

精霊魚のおじいさまの力を借りているので、型から出すのは至極スムーズだ。

白くて薄い丸皿の上に、揺れながらつやつやのゼリーがこぼれ落ちる。

「わあ……！」

エドワード様が目を輝かせた。

日の光と注目する人々の顔を映すくらいぴかぴかで、中にみずみずしいみかんが美味しく閉じ込められていた。

皆がごくりと喉を鳴らす。昼食を食べて作業をして、まだおやつの時間には少し早い。

それでも、エドワード様があげた歓声は、皆の一致した思いだった。

「はやく食べようぜ！　めちゃくちゃ美味しそう！　すげーよ、おまえ！」

——エドワード様の歓声からスタートした、二層ババロアパーティはとっても楽しく終了した。

ルイセ様とエドワード様は、食後にさらに庭を駆けまわり、子ども部屋でカードゲームをして、そのまま糸が切れたように倒れ伏し、爆睡した。

祖父母夫婦はリオ様にお礼を言った。

「エドワードは兄姉たちと年の離れた末弟で、両親もあまり構ってやれず普段は寂しい思いをしていたのです。この寂しさも貴族学校に入学するまでの辛抱だと思っていたのですが、思わぬ友人ができて、本当によかったです」

リオ様は二人に頷いた。

「私も感謝している。また改めて公式の場に戻った時、我がふるさとに招待させてほしい」

仕立屋が気づいていたのと同じように、この二人もリオ様とルイセ様の正体にうっすら気づいているはずだ。深入りしないでくれて本当に助かる。

「ロゼマリア嬢とお会いした事も、ご実家アンジュー公爵家には内密にしておきますね」

「それは本当に助かるわ、ありがとう！」

「ご主人ー！　そろそろ帰り支度しねーと困るんじゃねっすか？」

やってきたラブボくんの言葉に頷き、私たちは名残《なごり》惜しいものの帰路の準備を始める。

屋敷の荷物や準備をリオ様に任せ、私は幌馬車に行く。

するとお留守番をお願いしていた子犬サイズのビッグチャウチャウがわふわふと尻尾を振ってくれた。興奮して転がって荷台からべしゃっと落ちる。

「ああ、機敏に動きにくいんだから気をつけて」

抱きかかえると幸せな重みとぬくもりに癒やされる。しばらくもふもふしていると、向こうからシルが髪を靡《なび》かせてやってきた。

「この二日間、ありがとう。ぼくは仕事中だったからあまり話せなかったけど……久しぶりにロジィと会えて嬉かった」

「私もよ」

「まさか、ロジィが子どもを世話をしているなんて、思わなかったよ」

「あら、そう？」

シルが頷く。

「子どもからは意図的に逃げているように感じていたからさ」

「まあね……子どもを虐めそうで怖かったの、前はね」

「虐めって。ロジィはそんな人じゃないでしょ？」

「私もそう思ってるけど！　とにかく、怖かったの、子どもを壊しちゃいそうで」

私は言いながら屋敷のほうを振り返る。夕日に照らされた橙色の風景に、昨晩バーラウンジで見た、リオ様の姿と言葉を重ねる。

――これからあなたも、悪夢から解放された幸せが……見つかってほしいな、と願っている。

「……私も、前を向くわ。ルイセ様に負けられないもの」

「うん、それがいい」

シルが頷いて、少し真面目なトーンで続ける。

「ロジィ。……あなたは、良い母親になれる人だと、ぼくは思ってるよ」

「ありがとう！　リオ様とも話していたのよ、お互いこれから恋愛も頑張りましょうって」

「お互い？　じゃあ、あの人とは付き合ってる訳じゃないんだ」

くすっとシルは笑う。

「ねえロジィ。あなたが良かったらだけど、これから――」

そのとき。

ドカーンッッ！！！

屋敷の庭で、思いっきり水の柱が立つ!!

「な、何事ーっ!?」

「わんわんわんわんわん！」

「ああっ！　ビッグチャウチャウ！　興奮しないで！」

ビッグチャウチャウが大きくなるのをなんとか宥めていると、幌馬車のなかに待機していたラブボくんがぬっと顔を出す。

そして水柱を見やって「あちゃー」と呟いた。

「……精霊魚のじーちゃんの濃度が濃すぎて……祝福過剰っつーか……現代の川っちには刺激が強かったみたいっすね……」

「なんという事……なんとかならないの？」

「薄まったらなんとかなるんじゃねえんすか？　まあ、あれ温泉だし入ったら気持ちいいっすよ」

にかっと笑うラブボくん。

シルは、ずれた眼鏡を直してははは……と乾いた笑いを浮かべた。

「そうだね……あなたは、こういうとんでもない事ばかりを……引き起こす人だった……」

その後は屋敷にダッシュで戻り、噴き出した温泉の対応に追われた。

◇◇◇

幌馬車に座り、私たちは森へと戻っていた。

「色々大冒険な遠出だったわね」

「ああ。私もこの国の文化に触れられて楽しかった」

「私もよ。ルイセ様の知らない意外なところ、たくさん見る事ができたしね」

私は膝に寝るルイセ様の頭を撫でる。

最初はしっかりと座っていたルイセ様だったけれど、疲れたのか途中からはぐっすりだ。

髪を三つ編みにまとめたルイセ様は、出会った頃のおどおどとした、儚い雰囲気とは違う。温かくて、重みがあって、手足もしっかりと逞《たくま》しくなって。

たった数ヶ月だけ一緒にいる私でも感動するのだ。

お兄さんであるリオ様の感動はいかばかりか。

ふと、私の中で、今日まで触れられなかった人の事が頭をよぎる。

リオ様は座った手元を見つめ、じっと考え事をしていた。

「……父上に……今のルイセを、見せて差し上げたい」

「国王陛下は……ルイセ様の事を愛していらっしゃるのよね？」

「それは間違いないと、私は思っている。だが父は多忙なんだ。頻繁に会えるのは王太子である第一王子ばかりで、私たちは式典の時くらいしか顔を合わせる機会がない」

一貴族として、家族でも国王陛下に会えないのは理解できる。

その中でも子どもと意識して時間を作るお方もいるようだけど、ティラス王国の国王陛下に関しては、貴族たちの目もあり、余計に私情を挟んだ面会がしにくいのだろう。

「父は森に向かう事を黙認してくれた。全ての関所はスルーだったし、通りすがりの見ず知らずの人が、さりげなく必要な荷物をどかどか分けてくれたし」

「それは確実ね」

「……ルイセは、今も父の愛を怖がっている。面と向かってまともに話した事もないし、そもそも虐待されるような環境におかれていたからな」

行き違いから発生してしまった虐待だとしても、末弟ルイセ様を隔離する判断をとったのは隣国ティラス国王陛下だ。

陛下が本当に虐待を知らなかったのか？　本当は、意図的に黙殺していたのでは？

ルイセ様にとっては、そんな不安が生じてもしょうがない話だ。

「大人の悪意を浴びてきていたら、当然よね」

「でも、ルイセは口には出さないが……きっと、父に愛されたいのだと思う」

リオ様は私の膝のルイセ様の頭を撫でた。そして言う。

「だから背伸びをして、自分が立派に『王子』をできているように振る舞おうとする。……そして女の子に生まれなかったから愛されなかったのだと洗脳されて異性装をしていた。それは異性装をしてでも愛されたかったという意味でもある」

「……ルイセ様を、国王陛下に会わせてあげたいわね……」

「ちょうど来月はサイレンシア王国とティラス王国の貴族による、記念交流式典が行われる」

リオ様が言う。私は言った。

「なんとかして、少しでも会えないかしら」

「行動してみてもいいかもしれないな」

◇◇◇スノウ視点◇◇◇

城の庭は広いので、スノウが関知しない社交が行われている事も当然ある。

そこで聞いてしまったのだ。

「まあ！　あの最近流行の『トキシック・アップル・ファクトリー』のオーナー、例の破天荒令嬢ロゼマリア嬢なんですの？」

「一度食べるとやみつきになる、あまり市場に出回らない伝説のりんご……」

「王族レベルじゃないと、なかなか食べられないらしいですわ」

「どなたか、あのロゼマリア様のお友達はいなくって？」

「宮廷魔術師に紹介してもらったらいいのでしょうけど……」

スノウは茫然と立って、しばらく硬直していた。

あまりに動かないので、後ろからついてきていた護衛が心配して声をかけてきたくらいだ。

「大丈夫、部屋に戻るわ。気分が悪いだけよ……大げさにしないで」

大げさにされるとまるで、自分があの女に負けたようでいやだった。

スノウはそのまま部屋に大股で戻り、ベッドにダイブして枕を抱きしめる。

メイドはまた、新作商品を持ってきた。それはベッドのフットカバーだ。

気になって裏をめくってタグを調べる。

そこには『トキシック・アップル・ファクトリー』の名があった。

「……どうしてよ……どうして、私を……解放してくれないの……？」

スノウは髪をかき乱した。

怖い。

あの女を追い出したのに、ごくごく自然に、スノウの側にはあの女のものが近づいてくる。

きっと『トキシック・アップル・ファクトリー』の商品はやめてと言っても、次はまた別の商会の商品としてスノウの元に届けられるのだろう。

「怖い……怖いよ……どうして……」

スノウは膝に顔を埋めた。身を小さくして、世界から体を精一杯守ろうとした。

悪夢の中、スノウは継母に虐待され続けていた。

森の中に逃げても追いかけられ、ひっそりと暮らしているのに、何度も殺されかかる。

最後には首を絞められて、スノウは意識を失う。悪夢ではいつも、同じ流れだ。

「怖いよ……パパ……ママ……助けて……」

スノウが泣いても、国王はやってこない。母親はもうすでにこの世にはいない。

どこからともなく――そんなスノウに、優しく微笑みかける気配がした。

『大丈夫、あなたは一人じゃない。……自分がいますよ、白雪姫』

# 第六章

Chapter 6

それはある日、夕食の席でのことだった。

男子の服がすっかり馴染んできたルイセ様が、ふとぽつりと口にした。

「父に会ったら、今のぼくを……なんと言ってくれるでしょうか」

私とリオ様は顔を見合わせた。

ルイセ様に、また一つ心境の変化が起きたのだ。


ルイセ様の就寝後、キッチンにて。

リオ様は朝食に向けた準備をし、私は隣で彼の料理を手伝っていた。

ラブボくんはリビングルームのソファでビッグチャウチャウ中型サイズとごろごろしながら、こちらの話が聞こえる距離にいた。

「今月行われる式典には父が立ち会う。サイレンシア王国とティラス王国の貴重な交流の機会だからな」

リオ様は手元に目を落としながら言う。

ボウルの中でオーツやアーモンドや乾燥した豆類に湯煎で温めた蜂蜜を混ぜている。目の前の棚には『精霊魔術師向け基礎レシピ』の翻訳メモを貼り付けていた。グラノーラという、ルイセ様向けの栄養たっぷりの朝食素材を作っているのだ。それと一緒に森で取れる赤いアサイーという実を精霊魚のおじいさまの力も借りて加工すると、見た目にも綺麗な朝食になるらしい。

私はオーブンの天板を拭きながら言った。

「会ってもらうにはちょうどいいわね。せめてお父様である国王陛下にだけでも直接、ルイセ様の真実を知っていただきたいし」

——ルイセ様が不義の子ではないこと。

——精霊の愛し子としてケアを重ね、心身共に元気になっていること。

リオ様の話の通り優しいお父様ならば、きっと喜んでくれるはずだ。

「ともあれ、ルイセが自分から父のことを口にしてくれたチャンスを逃したくない」

リオ様は天板にグラノーラを敷き詰めながら言う。

「国王に第四王子として直接認められるのは、ルイセにとって大切な経験だ。子としても……父に愛されていると思えるだけでも、ルイセは自信を持ってくれると思う」

オーブンに天板を収めたところで、リオ様は私に向き直った。

「……ロゼマリア殿。いつも頼ってばかりで忍びないが、あなたの力をお借りしたい。私の力だけで母国の協力者と連携が取れればいいのだが……国境越えが難しくてな。あなたに危ない橋を渡らせるとはわかっているのだが」

「国境越えね、任せて！　なんとか考えてみるわ！」

「頼もしいな」

リオ様はふっと肩の力を抜くと、自嘲気味に笑う。

「いつもすまない。王子の肩書きがありながら、情けない限りだ」

「そんなことはないわ」

私は首を横に振る。

「私こそ日常的に頼りきりだわ、リオ様。いつも美味しい料理を作ってくれるし、ルイセ様という大切な弟さんと仲良くさせていただけて」

「ロゼマリア殿……」

「森での暮らしが楽しくて仕方ないのよ、私。あの時、コテージに受け入れてくれて、本当にありがとう。本当に嬉しかった。だから頼られると張り切っちゃうわ！　このロゼマリア・アンジューに任せて！」

私は胸を叩き、笑顔を見せる。

悪夢にまつわる呪いで居場所を失い、悪夢にまつわる呪いを引きずっていた私を助けてくれたのは、リオ様とルイセ様の二人で。

当然、二人の力になりたいに決まってる！

「盛り上がってるっすねえ、ご主人、リオっち」

ビッグチャウチャウを抱っこしたラブボくんもこっちにやってくる。

「俺ももちろん力になるっすよ、リオっち」

「ラブボ殿……」

「俺がこうして森でちょー復活できたのも、リオっちがご主人を受け入れてくれたからだし？　それにノリノリのご主人に付き合うのは、モノの精霊の当然の役目っしょ」

ラブボくんは私の肩に手を置き、にっこりと笑う。

「ありがとう、ラブボくん！」

「どーもどーも。俺も最近、鏡の本分忘れてただの商売人になっちまってたしちょうどいいっすよ」

私たちは立ち上がり、以前やったように三人でごちゃごちゃに絡まった握手をした。

「目標は父と少しでも会話をさせる事だ。頑張ろう、ルイセのために！」

「ええ、国王陛下となんとか会いましょう！」

「最悪攫《さら》うしかねえっすね！」

「不穏！　不穏は禁止よ！」

「ともかく、せーの……」

「「えいえい、おーッ！」」


そして翌朝、私たちはルイセ様に計画の話をした。

ルイセ様は目を丸くしていたけれど、父に会いたい気持ちは本物だったらしい。

ぎゅっと拳を握り、強い決意を言葉にした。

「不安がないと言えば嘘になるけど、大丈夫です。ぼくはもう、ここ数ヶ月で不安な事、たくさん挑戦してきました。父に会いたいです」

◇◇◇スノウ視点◇◇◇

スノウは焦っていた。

森で過ごすロゼマリアは調査すればするほど、確実に勢いを伸ばしている。

調査させた部下によると、ロゼマリアの有能さは本物だった。

けれどスノウは知っている。彼女が別の令嬢たちと違う事を。

実家の権威に頼る事もない。オーナーとしての名もたまたま情報が漏れただけで、彼女は貴族関係の縁に一切頼らず地道に商売を広げている。彼女の有能な部下も元々の知り合いでもないし、もちろん彼女のコネクションなしに、純粋な商品の良さと商売の丁寧さで業績を伸ばしている。けれどあまり大きく手は広げず、元々商売をしていた商人たちを出し抜いたりもしない。むしろ彼女は商工会に受け入れられ、他の商会も彼女と接する事で売り上げを伸ばしているらしい。

『一人追放されても己の力で幸せを摑んで、一生懸命働いて仲良く暮らす。まるで伝説であなたがやるべきだった事を、全部かっさらっていますね、あの継母は』

そうロゼマリアを評したのは、『声』だった。

スノウが寝室にいるときだけ、どこからともなく聞こえてくる優しい声。

スノウに『白雪姫』という神話を教えてくれたのも声だったし、悪夢にうなされるスノウを慰めてくれたのも、継母ロゼマリアが危険だと教えてくれたのも、『声』だった。

スノウに『声』が初めて聞こえたのは五歳の頃だった。

母を失い、幼い頃から接してくれていた乳母が家庭の事情で引退して、どこか突き放したような態度の乳母がついて寂しさを感じ始めた頃だ。

スノウが悪夢を見始めて、ただただ怖くて泣いていたとき、突然声が聞こえたのだ。

『可哀想に、ひとりぼっちの白雪姫』

それはスノウの事を『白雪姫』と呼んだ。そしてスノウの寂しさに寄り添い、スノウに色んな事を教えてくれた。大人たちの裏の顔や大人の事情、みんなが自分を姫として腫れ物扱いしている事。

そして——恐ろしい継母がいつか自分を虐待し、追放するという予言も。

かくして予言の通り、十三歳のスノウの前にロゼマリアという継母がやってきた。

『あんなにハデで恐ろしい女、信じてはなりません』

『宮廷魔術師という事は、毒りんごであなたを殺すのもたやすいでしょう』

恐ろしかった。

だから必死に彼女から逃《のが》れようとした。彼女の力を削ごうとした。追放だってした。

それなのにスノウの不安をあざ笑うように、ロゼマリアはどんどん勢い盛んになっていく。

今日もスノウはベッドの上、一人で爪を噛んでいた。

「彼女は私を恨んでいるわ。……絶対復讐される。ああ、なんでもっとうまく追い出せなかったの……？　思いつきで、私ってば……ばか……」

無から次々と人気商品を生み出し、王宮にまで献上される品を作ってしまう彼女だ。

有能なロゼマリアは確実に、一歩一歩、復讐の作戦を練っているに違いない。

『恐ろしいのですね、白雪姫。あの継母の事が』

そんなスノウに、『声』は悪魔的なほどに甘く囁く。

『ならば燃やしてしまえばいいのですよ、なにもかも。あなたにはその力があるでしょう？』

「燃やすって？　どういう事……？」

スノウは頭を上げ、姿なき『声』に尋ねる。

『声』は上機嫌な声で、はっきりと告げた。

『精霊の森を燃やすのです。あの女を、あなたの手で、亡きものにするのです』

ぞっと、スノウは鳥肌が立つのを覚えた。手が震える。

「そんな事、……私、できないわよ」

言われた言葉の恐ろしさに震える耳に、『声』はくすくすと笑う。

『もう既に一度、死んでよかった、と思ったことがあるのに？』

「あ……」

スノウの正気を、甘い声が絡め取っていく。

『王国唯一の姫君、白雪姫。あなたを止められる者はいません。精霊の森なんてしょせんは魔物の森。燃やすのは民のためでもあるのです』

「民の……ため……？」

『ええそうです。きっと、国王陛下も褒めてくださいますよ？』

その瞬間。

スノウの真っ赤な瞳に意志が宿る。

彼女は世話役の男に命じた。それは、森に火を放つ命令だった。

◇◇◇

ここはアンジュー公爵家の近郊にあるホテルのプライベートラウンジ。

公爵家の上級使用人や、来訪者の上級使用人、そして商人といったいわば「平民」に対しての最高級のもてなしの場として、アンジュー公爵家がよく使っている場所だ。

平民と接する場といっても当然最高級ホテルのプライベートラウンジなので、ベルベッド張りのソファに重厚なインテリア、最新式の魔道具シャンデリアが輝く最高級の場だ。

出された紅茶もティースタンドに並べられたフードも最高級。

そんな場で、上座で悠々とお茶を飲むのが私の母、エリザベス・アンジューだ。

「いきなり連絡を取ってきたと思ったらどういう事なの？」

公爵婦人として凄みを持った眼差しで、母が私を睨み上げる。

ちょっと破天荒に育ってしまった長女《わたし》の下に三人の子を立派に育てあげ、長女だけが破天荒なのは本人の責任です――と、世間に知らしめた苦労人の母だ。

母の厳しい眼差しにたじたじになりつつ、私は口を開く。

「ちょっと……どうしても、実家パワーを使いたい事情がありまして……」

「王家に嫁いだと思ったら追い出されて、しかも森で商売人の真似ごとのような事もしているらしいじゃない。まったくアンジュー公爵家の恥です。門をくぐらせる訳にはいきませんし、実家パワーだって出してあげません」

「ほんとうに、ほんとうにおっしゃるとおりです、お母様」

私はひたすら頭を下げた。

「ですが何卒、その……お母様にとっても、悪くないお話なんですよ」

「王家との縁談より悪くない話なら、聞いて差し上げてもよろしくってよ」

「そうこなくっちゃですお母様！　ささ、どうぞ隣の部屋へ」

「待ってちょうだい、私がなぜ立たねばならないの？」

「そういう相手なんですよ」

「はあ？　私を動かすのなら、王族の一人や二人くらい出てくるのでしょうね？」

母を連れ、室内同士が繋がった扉の向こうへと向かう。

そこには居住まいを正したリオ様とルイセ様――もとい、リオ第二王子殿下とルイセ第四王子殿下がいた。濃紺の礼装に白を基調にしたスリーピース、二人はまるで月と夜空だ。

「ヒィーッ！」

見た瞬間、すぐに全てを察した母が悲鳴を上げ、足からずっこけた。

「あ、あああ、そのお顔はもしや、隣国王子殿下……！」

「さすがお母様、顔立ちだけですぐにわかるのね……ぶっ！」

母にいきなり頭をカーペットに押しつけられる。母も頭を下げながら声を裏返した。

「恐れながら両王子殿下、我が愚娘は一体なにをしでかしたのでしょうか」

「あばばばば」

「あ、あの……アンジュー公爵夫人、落ち着いてほしい、弟も怯えている」

「うちの愚娘は昔から子どもを虐待しかねないから結婚はしない、子どもも産まないと五歳の誕生日で宣言したような訳がわからない娘でして、その後もよくわからない魔術を修め、よくわからない爆発を起こし、本当に母としてよくわからない娘なのですが、悪い子ではないのです」

母は頭をカーペットに擦り付けたまま続ける。

「本当に、娘の不始末は私が責任をとりますので、何卒戦争だけは、公爵家の取り潰しだけは……ッ！」

母に違うと言いたいけれど、顔を押しつけられてなにも言えない。

そもそも私がなにをしたと思っていらっしゃるのっ！　お母様ッ！

リオ様が立ち上がり、母の前に膝をついて肩に触れた。

「公爵夫人、顔を上げてほしい。私はあなたのご令嬢に助けられたんだ」

「え……」

母が顔を上げる。リオ様は母に辞儀をする。

「名乗り遅れた。私はリオヴァルド・ティラス。ロゼマリア・アンジュー公爵令嬢には私が頼んだのだ、あなたと会わせてほしいと」

「うちの子がなにか変な事をしたんじゃないんですか？」

「逆だ。私の末弟――ルイセージュのために尽力してくれた。今日も彼女は、私とルイセのためにあなたに連絡をいれてくれたのだ」

母は信じられないといった顔でぽかんとしている。ルイセ様が胸に手を当てて辞儀をした。

「はじめまして、ぼくはルイセージュ・ティラスといいます。ロゼマリア・アンジュー公爵令嬢のおかげで、健康になったのです。今回は、ぼくたちが安全に国内に戻れるように力になっていただきたくて、来ました」


小一時間後。

落ち着いた母に私と両王子で状況と、頼みたい事について説明が終わった。

母はほつれていたまとめ髪を撫でつけ、ふうと胸に手を当て息を吐く。

「把握いたしました。つまり我がアンジュー公爵家が隣国との記念交流式典に出席するので、その往復の馬車に潜伏させてほしいと。その間に両王子殿下が隣国王陛下と接触するから……と。今回の交流記念式典は、既に夫であるアンジュー公爵はいち早く隣国へ向かっているから、後から追いかける私に相談したい、という事ですわね？」

「そういう事です。どうか、ぼくたちに力を貸してくれませんか」

ルイセ様がお願いすると、母の目元が明らかに和らぐ。

小さい頃の弟を思い出しているのだろう。母は私と違って品行方正な弟を溺愛していたのだ。

しかし母は、厳しくきっぱりと首を横に振った。

「事情はあれど、人を潜伏させて国境を越える事はならぬ事です。アンジュー公爵家は私だけのものではなく、公爵である夫、そして親戚一同、歴代公爵家の者たちの並々ならぬ覚悟をもって家柄を保ってきました。だからこそ一人ちゃらんぽらんが生まれてもなんとかなるほどの強固な屋台骨があるのです」

「お母様そのちゃらんぽらんって」

「あなたに決まっていますす出戻り台風娘」

「返す言葉もないです」

「ともあれ、潜伏させる事はできません。両王子殿下の頼みといえども」

リオ様とルイセ様が肩を落とす。私は食い下がろうとした。

しかし母は私を睨む。まだ続きはあるぞ、の顔だ。

「ところで、記念交流式典には花を用意しようと思いますの。三メートルほどある大きなフラワースタンドを。業者が花を積み込む時はプロにお任せしようと思っていますから、アンジュー公爵家の者は一切関知いたしませんわ」

母はそう言うと、改めて申し訳なさそうに眉を下げて王子兄弟に微笑みかけた。

「両殿下にたいしたおもてなしも良いお返事もできず、本当に申し訳ございません。けれど娘がお世話になったお礼は、必ずどこかでさせていただきますわ」

ほどなくして母は立ち上がり、私を見ずに部屋を後にした。

外に待たせた馬車に向かう母を、私は追いかける。

「はしたないわよ。走らないように幼い頃に腱でも切っておいたほうがよかったかしら」

「あの……お母様」

私は深く頭を下げた。

「ありがとうございます。……必ず、いつか実家にこれまで迷惑かけた分をお返しします」

頭を下げながら、私は胸がいっぱいだった。

母は私に期待をかけてくれていたのに、私は悪夢の展開回避のためとはいえ、破天荒に生きてきた。

叱り飛ばしながらも、私が宮廷魔術師に進むのを陰ながら応援してくれたのは母だし、王家の後妻に入ると聞いたとき、二度と帰ってくるなと激励してくれたのも母だった。そしてまた期待を裏切ったのに、母は――優しい。

私は忘れない。さっき思いっきりうろたえながらも必死に私をかばってくれた事を。

「呆れた子ね。淑女たるもの、できない約束はするものではないわ。あなたはどうせまた、なにか目標を見つけてがむしゃらに突っ走って行くのでしょう。アンジュー公爵家はあなたごときがいなくても安泰《あんたい》だから、あなたは腹をくくって両殿下をお守りしなさい」

「はい」

「せいぜいリオ殿下を射止めるくらいしなければ、実家には入れませんからね」

「……射止める？　お母様、私と殿下はそういう関係ではないですが」

「ああもう、誰に似たのかしら、この鈍感にぶちんは！　とにかく帰るわよ、じゃあね！」

母が淑女にしては大股で歩き、待ち構えていた馬車に乗り込む。

私は母を見送った。

「ありがとう、お母様……！」

母はにこりとも笑わず、私を一瞥《いちべつ》しただけで去って行った。

表情には出さないものの、母は随分上機嫌そうだった。親不孝者だとは自覚しているけれど、やっぱり母が機嫌が良さそうだと嬉しい。

「よし、お母様がくれた好機、しっかり活用するわよ！」

私は胸に忍ばせていた鏡を取り出す。ラブボくん鏡仕様だ。

「ラブボくん、話は聞いていたわよね？　――潜入作戦よ！」

◇◇◇スノウ視点◇◇◇

城の演習場には四十名ほどの騎馬隊が並び、先頭の騎士団長がスノウに敬礼する。

「――以上ッ！　特別討伐編成隊でございますッ！　スノウ王女殿下！」

「わかったわ。下がりなさい」

スノウは命じたのちメイドに目を向け、己の軍装の上にマントを羽織らせる。

王女としてスノウは騎士団に特別編成隊を結成し指揮する権利を有する。

「これから精霊の森に向かう！　精霊の森を燃やして、魔物を討伐するのよ！」

騎馬隊が一糸乱れぬ敬礼をし開け放たれた城門から一路精霊の森へと向かう。

精霊の森までは数日の宿泊を要する。スノウは馬車の中で爪を噛んだ。

「早く始末しないと……あの女を、始末しなきゃ、私が……」

スノウがそんな様子で馬車に揺れる外で、騎馬隊の騎士たちが疲れた目配せをしあっていた。

彼らは本当に森を焼き討ちするつもりはない。あくまでスノウは特別編成隊を結成し指揮する権利を有するだけで、出撃命令を出せる立場にはない。

詭弁《きべん》のようだが――これはわがままな王女殿下のためのデモンストレーション。

納得してもらうためのごっこ遊びのようなものだった。

「スノウ殿下のご乱心は一体いつまで続くのやら」

「しょうがないさ。彼女のしたいようにさせておけというのは国王陛下のご命令。暇を持て余した王女殿下の遊びにお付き合いするだけで給与がもらえるのだから黙って従おうぜ」

騎士の一人は空を見上げて呟いた。

「あの継母になるはずだったロゼマリア様、すっげー美人だったよな……」

「中身はマッド魔術師と言われたけど、明るくていい人だったよな。笑顔もきさくでさ、俺らにも挨拶してくれて」

「浮いた話がなかったのも、あの素《す》っ頓狂《とんきょう》さが原因だったらしいし、別に性格が悪い訳じゃないんだよなあ」

「変わってたけどなあ」

「そりゃ間違いない」

「……なあ、もしさ」

「なんだよ」

「……あの人が、本当にスノウ様の継母になってたら、さ……」

「……」

「悪い、忘れてくれ」

「ああ」

二人はお互い同じ事を思ったが、そっと口をつぐんだ。

今更一介の騎士が言ってもどうしようもない話だ。

――あの人だったら、スノウ殿下と一緒に楽しく遊んでやれたのではないかと。

案外、いい継母になったはずなのに、と。

なんだかんだ、騎士たちは同情しているのだ。ずっとひとりぼっちで病《や》んでしまっているスノウ殿下の事を。

◇◇◇ルイセ視点◇◇◇

「ルイセージュ・ティラス！　お前は私の息子ではない、不義の子だ！」

冷たい眼差しが集まる謁見《えっけん》の間。

その中心で、ルイセージュ・ティラスは玉座に座する父親——国王に指を突きつけられていた。

「精霊の子など、まやかしなぞ信じられぬ！」

息ができない。全身がこわばって、鼓動が激しく脈打つ。

気づけばルイセージュは男子の服ではなく、女子の服を纏っていた。

「あ……どうして」

そんなルイセージュの様子に人々はひそひそと噂し合う。

「姫君に生まれていれば、王位継承権争いに面倒もありませんでしたのに」

「国王陛下は姫君をお望みでしたのに。生まれた時から期待外れの子」

「……っ……」

玉座の父は怒りに満ちた眼差しで、ルイセージュを見下ろしている。

口を引き結んだ父の代わりに、人々が指を突きつけ、罵《ののし》った。

「変なものが見えると嘘をつく不気味な子」

「いや……」

いやいやと首を振るルイセージュを取り囲み、人々は口々に冷たい言葉を浴びせる。

「誰からもいらない子なんですよ、ルイセージュ様」

「お母様がおかわいそう。あなたが生まれなければ、お母様は死ななかったのに」

肩が震える。ルイセージュを出産してすぐに母は没した。ルイセージュは母の顔を知らない。兄たちはみな同じ母から生まれた兄弟で、ルイセージュが兄たちから母を奪ったようなものなのだ。

「お前さえ生まれなければ」

「女の子ならよかったのに」

「迷惑だわ」

「不気味な子」

ルイセージュは耳を塞ぎ、その場にしゃがみ込んだ。

「ごめんなさい、ごめんなさい、……ぼくのせいで、本当に」

——そのとき。

「おりゃあああッ！」

静寂をつんざく女性の野太い叫びが、玉座の間に響いた。

その瞬間人々の動きがぴたりと止まる。天井がめりめりと剝がれていく。

シャンデリアが割れ、破片が割れた鏡のように飛び散る。

「ルイセ！」

空から降ってきた兄――リオヴァルドが、ルイセージュを強く抱きしめた。

「ルイセ、しっかりしろ。大丈夫だ、お前は私の大切な弟だ」

「にい……さま……」

背中を強く抱きしめられ、耳元で何度も強く大丈夫だ、と言われる。

玉座の父も周りの人々も動きを止めた。圧倒的な安心感が、胸の奥から湧き上がってくるのを感じた。ほっとして涙腺に熱いものがこみ上げてくる。

「兄さま……ぼく、は……」


「ルイセ！」

「あ、起きたっすね」

気がつくと、ルイセージュの目の前に二人の顔があった。こちらを見下ろす兄リオヴァルドと、鏡の精霊ラブボだ。兄はルイセージュの目元を拭い、ほっとした顔になる。

あたりを見回す。

そこは魔術で明かりを灯した倉庫の中で、あたり一面にびっしりとフラワースタンドが並んでいる。むせかえるような花の匂いはパーティで嗅ぐものと同じもので。

少し離れた場所でロゼマリアがフラワースタンドの中に体をねじ込もうとしていた。

「おりゃあああぁッ！　……ああ駄目だわ、花を傷つけないようにフラワースタンドの中に入るのは無理ね」

夢で聞こえてきた野太い叫び声とまったく同じ声だ。

ルイセージュはようやく、自分がうたた寝をしていた事に気づいた。

気づくと急に恥ずかしくなって、たちまち頬が熱くなっていく。

「ごめんなさい。ぼく……」

兄は特になにも聞かずに、優しい顔で頭を撫でてくれた。そして空気を変えるように立ち上がった。

「ルイセが寝ている間に決まったんだ。フラワースタンドの中に入って、城内に忍び込むと。今はそれの練習をしていた」

ルイセージュは想像した。大広間のフラワースタンドの中に入った状態で、父に話しかける姿を。

「フラワースタンドの中から父上……国王陛下にお話するんですか？」

「いやさすがにそれは難しい。声を張り上げても父まで声は届かないだろう」

「いやいやそういう問題？」

ラブボが途中で苦笑いするのを無視して兄は続ける。

「入国さえできれば私の協力者がいる。父に接触する事よりも、国境が問題だ。……ルイセのフラワースタンドには私も一緒に入る。一緒に頑張ろう」

「……」

ルイセージュはロゼマリアへと目を向けた。

頭からすっぽりフラワースタンドに突っ込んでじたばたしている。

「ぼくも、あれをするんですか？」

「……さすがにあれはないな、ちょっと助け出してこよう」

兄はラブボと一緒にロゼマリアを引き抜きにかかった。

そのてんやわんやの様子を眺めながら、ルイセージュは本当に大丈夫なのか心配になる。

「……でも、みんな……ぼくのために、してくれてるんだよね……」

胸の奥が温かくなる。深呼吸をしても、もう苦しくなかった。

◇◇◇

――アンジュー公爵家からの出立前。

朝早くに私たちはフラワースタンドの入った幌馬車に潜入し、寝袋に入って待機していた。

人目を避けて、母の従者が私の元へとやってくる。

「奥様からご伝言です。『もしものときは両王子のためにあなたが命を張りなさい。アンジュー公爵家はあなたと無関係と言い張りますから、肝に銘じておくように』……では、ご武運を」

去って行く従者の足音を聞きながら、私は寝袋に潜り込む。

「お母様、あいかわらずお優しいんだから」

「ツンデレッすねえ」

そう答えるのは鏡化して懐にしまわれたラブボくんだ。

リオ様の隣で寝袋に入ったルイセ様が言う。

「……冷たいお言葉なのに、優しいと思うのですか？」

「ふふ、あれはね。『実家の事は気にせずに、やるべき事を果たしなさい』って意味よ。関係ないっていうのは、なにをしても実家には迷惑はかからないから心配しないでって意味」

リオ様が私を見る。

「ロゼマリア殿。このような旅に恩人のあなたを同行させるのは忍びない。必ず礼をしよう」

「いいのよ、私が好きでやってるんだから」

私はにこりと笑う。

「大丈夫、うまくいくわよ」

◇◇◇スノウ視点◇◇◇

休憩にと立ち寄った宿場町。

王室御用達のホテルのティールームにてスノウはいらだっていた。

ソファで足を揺すり、近くで直立した護衛騎士を振り返る。

「どうして早く進軍しないの？　早く森を燃やしたいのよ」

スノウに、騎士は慇懃《いんぎん》無礼《ぶれい》なほど綺麗な礼をして口を開く。

「申し訳ございません、現在隣国での記念交流式典出席のため、各貴族家が入国のために大量に馬車を出しておりまして」

「入国？　式典？」

スノウは目を瞬かせる。

「式典はまだ三週間ほど先なのではなくて？」

月末にティラス王国にて、サイレンシア王国の貴族との中規模の交流式典が行われるのはスノウも知っていた。第四王子は知らないけれど、亡きティラス国王妃ならおぼろげながら覚えている。幼くして母を失ったスノウに、外交の折りになにかと優しく声をかけてくれた綺麗な人だった。

でもスノウの出立はまだ先の話である。

不思議に思うスノウに、騎士が説明を続ける。

「恐れながら殿下。王家の臣下たる貴族家は王家に先だって入国し、王家の方々が安全に行事を済ませられるよう準備するのがしきたりです。また魔道具を使って数日で到着できる王家の馬車とは違い、臣下の馬車は通常の馬を使うため、移動に長く時間がかかるのです」

「ふうん……でも、邪魔なのは邪魔なのよ」

ふん、と腕組みして足を組み直すスノウ。このままではまたあの女が余計な事をするかもしれない。自分を殺しに来るかもしれないというのに。

「わかったわ」

スノウは立ち上がった。

「退屈だから少し外の空気を吸いたいわ。ついてきなさい」

命令して騎士団のベレー帽に髪を押し込み、眼鏡をかけて外に出る。

後ろに護衛騎士がついてくる。慌てもしなければ苦言もしない。

スノウは大股で、風を切るように宿場町を歩く。

外にはいく台もの馬車が並んでいた。スノウは確かにとても渋滞しているのだなと思った。

ふと、大きなホテルの脇に、これまた大きな幌馬車が停まっているのが目に入る。

「あれは……」

その幌に縫い付けられたエンブレムに、スノウは血の気が引くのを感じた。

「アンジュー公爵家……」

スノウは振り返る。後ろで気まずそうにしていた護衛騎士が敬礼する。

「おまえ、いますぐアンジュー公爵家の荷物を調べなさい！　あの女――ロゼマリア公爵令嬢がいるかもしれないわ！」

さすがの護衛騎士も困惑の色を隠せなかった。スノウはそれでも言い募る。

「私の言う事が聞けないの⁉」

「恐れながら申し上げます。アンジュー公爵令嬢を追い出した事件以降、アンジュー公爵家からは王家に強く説明責任を求められております。陛下ご帰国前にこれ以上関係を悪化させる訳には」

「知らないわよ、王家のほうが強いんでしょう？」

かんしゃくを起こすスノウに、護衛騎士は押し黙るしかない。アンジュー公爵家と王家の和解協議は、国王の側近により姫に知られぬ場所で進めていた。アンジュー公爵家の怒りは甚だしく、ここで余計問題をこじれさせる訳にはいかなかった。

「もういいわ！　私が見ればいいのよ、私の権限なんだから！」

「殿下！　何卒……！」

「――王女殿下。このような場所でお会いするとは思わず、略礼にて失礼いたします」

決して大きくないけれど、場の誰もが押し黙らざるを得ない圧のある声。

騎士が一斉に敬礼し、王女はその方向を振り返る。

ゆっくりと歩を進めてやってきたのは、エリザベス・アンジュー公爵夫人だ。

「アンジュー公爵夫人……！」

「なにか気になる事などございましたでしょうか」

「ロゼマリア・アンジューを出しなさい。あの女は私を暗殺しようとしているのよ。隠し立てするなら公爵家も同罪よ！」

「暗殺？　恐れながら申し上げますが、私は存じ上げません。王家へ嫁いだ後、娘は一切アンジュー公爵家に帰っておりません。もし娘が暗殺など企てているとしても、我がアンジュー公爵家とは無関係です」

「なにを……」

「スノウ殿下。大声で我がアンジュー公爵家に疑いの声を上げておいでなのは、それは王家のご意志と受け止めてよろしいですね？」

――鋭い眼差しが、スノウを射貫く。

ぞくっとして返事ができなくなる。

公爵家を背負う女の凄みが、ただ王女に生まれただけのスノウを気圧《けお》す。

スノウをかばうように、護衛騎士が慌ててアンジュー公爵婦人の足下に片膝をついた。

「申し訳ございません、スノウ殿下はアンジュー公爵家の馬車をご見学されているだけで……」

穏便になだめる護衛騎士たちに場を任せ、スノウはこの場から逃げるように立ち去った。

臣下のくせに、と歯噛みする。けれど今の自分ではなにも太刀打《たちう》ちできないのもまた事実だった。

この場から離れたい。けれど、一人歩きで遠くまで行くのが危険だとはわかっている。

ふと、アンジュー公爵家の幌馬車が目にとまった。この中なら安全だ。

入って問題があっても、アンジュー公爵家の管理不行き届きのせいにできる。

そう思って幌をめくると。

「……うそ」

そこではのんびりとランチセットを広げた若い男と綺麗な少年、そして。

「ロゼマリア・アンジュー……」

一番会いたくなかった女が、そこにいた。

◇◇◇

「あなた……！」

私を見て青ざめ、息を吸い込むスノウ殿下。

私は大慌てでスノウ殿下を幌馬車に引っ張り込む。

「っ!?」

そして間をあけず、思いっきり床に頭をつけて土下座した。

「お願いします、お願いします！　ど、どうか見逃してください、スノウ様！」

「な、なによ、やっぱり私を暗殺しようと……だ、誰かー！」

防音魔術をかけているので悲鳴は外には漏れない。けれどこのままでは大騒ぎになる。

ランチバスケットから転がるりんごを見て、スノウ殿下はますます錯乱する。

「嘘つき！　り、りんごがいい証拠よ！　わかってるんだから！」

錯乱するスノウ殿下が手元に転がったりんごを掴み、私に投げつける。

「いたッ！」

思わず悲鳴を上げた私をかばったのは、ルイセ様だった。

ルイセ様は私の前に立ち塞がり、スノウ様を見つめる。

「おやめください。彼女はぼくの先生です。いくら王女殿下といえど許せません」

兄リオ様の姿が重なる、凛とした姿だった。

小さな男の子が睨みあげるのに、スノウ様は一瞬虚を突かれた顔をする。

しかしすぐに感情的にわめく。

「あなた、その女にだまされているのよ！　知ってる？　その人は子どもを暴力で虐める継母の運命の女なのよ！　私は予言で知っているのよ、悪夢をずっと見ているの。近づいてると、首を絞められて、りんごを食べさせられて死ぬわよ！」

私は胸がぎゅっと痛んだ。りんごをぶつけられた額よりよほど痛い。

彼女は私と同じ悪夢を見続けている。違っているのは彼女が被害者側の夢である事。生々しく恐怖と暴力を日々リフレインし続けている苦しみはいかばかりか。

けれど暴走してルイセ様にまで危害を加えられたら大変だ。私はルイセ様をかばおうと腰を浮かす。

しかし、ルイセ様は両手を広げ、私を背にかばい続けた。

「あなたこそ、寝ぼけていないで、ちゃんとロゼマリア先生を見てください」

落ち着いた、だがぴしゃりとした言い方だった。

六歳の少年の放つ圧に、スノウ殿下は気圧される。

ルイセ様は堂々と、感情的になったスノウ殿下を諭した。

「先生に、本当に叩かれたりしましたか？　悪口を言われたり、ひどい事をされましたか？」

「それは……だから、そうなる前に追い出したのよ！」

「されていないんですね？」

「っ……」

ルイセ様ははっきりと、しかし丁寧に言葉を続ける。

「ロゼマリア先生は、ぼくの命の恩人です。最初に会ったときから、ぼくを守ってくれようとした。臆病で無力だったぼくを、ここまで元気にしてくれました。先生を罵倒するのは許しません」

「……でも……予言書が……私は……」

リオ様が、スノウ殿下の肩に手を置く。さりげなく距離を詰めて、彼女をいつでも取り押さえられる距離にいたのだ。

「スノウ王女殿下。ロゼマリア殿は決して危害を加えません。……事実、追放の恨み言一つもいわず、りんごを投げつけられても、彼女はあなたを心配しています」

「でもっ……！　私を怖がって、追放して、そして殺そうとするって予言で……！」

次は私がスノウ殿下に訴えた。

「私はあなたを恐れてませんし、追放された側ですし、あなたを殺す訳ないじゃないですか」

「……あ……」

自分のわめいている事の矛盾にようやく気づいたのだろう。スノウ殿下の表情から興奮が抜け落ちていく。

スノウ殿下から目を逸らさずに、ルイセ様が言う。

「先生に謝罪を。いくら理由があるとしても、先生を傷つけたのだから、謝ってください」

「ッ！　え、偉そうに！　そもそもなによ、お前たち、私に偉そうに指図して！　家名を名乗りなさい、不敬罪で取り潰しにしてやるわ！」

ルイセ様に詰め寄ろうとするスノウ殿下。

その進路をリオ様が遮る。

そして彼女を静かに見据え、落ち着いた声音で続けた。

「……ティラスです」

一瞬虚を突かれたスノウ殿下は大きな瞳を輝かせ、そして一笑に付《ふ》す。

「はっ、でたらめを言わないで。ティラスなんて家が貴族家にない事くらい知ってるんだから。そもそもティラスなんて隣国王家の家名よ？　嘘を言うにしても」

「その隣国からやってきた、リオヴァルド・ティラスです。殿下」

「…………え？」

「リオヴァルド・ティラス。目の前の少年は私の弟、ルイセージュ・ティラスです」

スノウ殿下の目が点になる。私はとりあえず立ち上がり、王子二人とスノウ殿下のあいだに入って、まあまあと微笑んだ。

「スノウ殿下も突然の事で驚いていらっしゃったんですものね、謝罪などはいいですので……あっそうです、りんご！　りんごよかったらお召し上がりになりません？　美味しいので！　ねっ！」

私はリオ様に視線で訴える。彼は苦笑いしてりんごを拾うと、あっという間にりんごを、うさぎさんにしてランチバスケットの中に置いた。

「スノウ殿下、どうぞ」

「そんな事言って、毒りんごなんでしょ？」

警戒するスノウ殿下に、ルイセ様はむっとした顔になる。

「ここで毒りんごをスノウ殿下に食べさせて、先生にいいことなんてないじゃないですか」

「まあまあ、恐ろしい夢に怯える気持ちはわかるから、許して差し上げて」

私はルイセ様の肩をぽんと叩いてなだめる。

むうっとした弟の頭を撫でながら、リオ様が私を見て苦笑した。

「よければ私たちが食べて、毒味の代わりにしてやろうか」

「えっ⁉　で、でも」

「ロゼマリア殿はスノウ殿下に信頼されたいのだろう、ならば手を貸そう」

リオ様はうさぎさんりんごをかじる。スノウ殿下がじっとその姿を見ている。

「あの……これは先生のためですからね。あなたのためじゃないんですから」

スノウ殿下を睨んだのち、ルイセ様もうさぎさんりんごを取って、しゃくしゃくと食べていく。

一匹、また一匹。うさぎさんりんごがどんどん二人の口の中に消えていく。

みずみずしい咀嚼音に、スノウ殿下がごくりと生唾を飲んだ。

半分ほどのうさぎさんりんごが消えたところで、リオ様とルイセ様がランチバスケットをスノウ殿下の前に差し出す。

うっと、スノウ殿下がたじろいだ。

「あなたが選ぶといい。……さあ、どうぞ」

「………うう……」

「食べたいんでしょ？　食べないとぼくたちが全部食べちゃいますよ」

葛藤するスノウ殿下が、ちらと私を見やる。私はにっこりと微笑みかけた。

「甘くてとっても美味しいんです。一口どうぞ」

「そ、……そんなに言うなら、先にあなたが食べてよっ！　こ、これを！」

スノウ殿下が震える指で、うさぎさんりんごの一匹を指さす。

私は望まれるままに、ピックでつまんで口にした。

しゃくしゃくの歯ごたえがたまらなくて、口の中いっぱいが甘ったるくなる見事なりんご。りんごトレントがルイセ様に美味しいと思われたくて、頑張って甘くしてくれたりんご。私は頬に手を寄せ、うっとりと口にした。

「美味しい……」

スノウ殿下が、目を皿のようにして私を見ていた。

最後の一口までぺろっと食べ終わったところで、スノウ殿下は再びごくりと生唾を飲んだ。

「…………毒……本当に入っていないの……？」

「だから入ってないですって」

ルイセ様が訴える。

スノウ殿下は全員の顔を一人一人見つめ、ついにうさぎさんりんごをつまむ。

「……毒が入っていたら……処刑なんだからね……？」

そう口にした後、スノウ殿下は目をぎゅっと閉じ、そーっと端っこだけを囓った。

「「「…………」」」

固唾《かたず》を飲んで見守る私たち。スノウ殿下は、少しずつ、こわごわとりんごを口にしていく。

しゃく、しゃく、しゃく。

音が止む。最後に残ったりんごの皮をじっと見下ろす。

「……美味しい」

真っ赤な瞳から、涙がぽろっとこぼれ落ちる。

堰《せき》を切ったように、涙が次から次へと溢れてきた。

「お口に合いませんでしたか⁉」

「美味しいって言ってるでしょ、ばかっ！」

涙声で言い返し、スノウ殿下は顔を覆ってしゃっくりをあげて泣き始めた。

私たちは顔を見合わせる。

そーっと、私はスノウ殿下の背中を撫でた。スノウ殿下は、私にぎゅっとしがみ付いた。

抱き寄せると胸に顔を埋めて泣く。十三歳のお姫様というには可哀想なくらい幼い泣き声をあげて、わんわんとスノウ殿下は泣き出した。

「美味しいわよ……知ってるのよ！　知ってるもん、だって食べた事、あるからっ……！」

「『トキシック・アップル・ファクトリー』のりんご、お召し上がりだったのですか？」

「食べたわよっ！　りんごなんて食べたくないって言ってたのに、はいってたんだもん！」

「ありがとうございます」

「ううー……」

スノウ殿下はただ、ぼろぼろと泣き続ける。

しばらくしたところで、にわかに外が騒がしくなる。護衛騎士がスノウ殿下を探しているようだ。

スノウ殿下は涙を強引に拭って立ち上がる。拗ねたように、私に背を向けて呟いた。

「……ここで私たちは、会わなかったから。なにも見なかったから」

私の返事を待たずに、スノウ殿下は幌馬車から出て行った。

外でスノウ殿下を見つけた騎士の声と、つんけんと返事をする殿下の声が聞こえる。全てが遠のいて、私たちは顔を見合わせ深く息をついた。

「緊張したわ……みんな、力になってくれてありがとう……」

「ぼくたちの事、言わないでくれるでしょうか？」

「大丈夫だと思うわ、そういう腹芸ができる類《たぐい》の子じゃないと思うし」

不安そうにするのはルイセ様だ。

「ロゼマリア殿。……誤解は解けただろう。あなたが虐めをするような女性ではないという事が」

リオ様が私を見て、目を細めた。

「ええ。二人のおかげよ。本当にありがとう」

「よかったよかったっす」

「あらラブボくん、話題にでないと思ったら鏡になってたのね」

私が懐から鏡を取り出すと、ラブボくんは鏡のまま笑う。

「変に人間の姿になって、魔力消えちまうのがこええんすよね」

「そうよね、しばらく遠出になるのだし……」

しばらくした後に母がこちらの様子を見に来た。

「スノウ殿下とは会った？」

「はい。たまたま偶然、この幌馬車に乗り込んでいらっしゃったので」

「……正式に謝罪をいただいたわ。あなたの追放に関して、全面的に殿下が非を認めたの」

「えっ」

「その様子だと直接的には聞いていないようね。……じゃ、伝えたわよ」

母は言うだけ言うと、そのまま幌馬車から去って行った。

私はじわじわと、次第に胸の奥の大きななにかが消えていくのを感じた。

「……そうか……私、やっと……あの悪夢から、逃れられたのね……」

満たされた思いは、その後の旅の間もずっと消える事はなかった。


——そして、数日後。

アンジュー公爵家の馬車の一団は危なげなく隣国へと入国を果たす。

リオ殿下は協力者の騎士を通じて、国王陛下のスケジュールを押さえる事に成功した。

馬車の旅でルイセ様の体調が心配だったけれど、なぜかルイセ様は体調を崩す事なく、旅慣れたリオ様と同じように元気に入国までの旅を楽しめていた。

「無理をしていないかしら？　なにかあったら言うのよ？」

心配する私に、ルイセ様は自分でも意外だと言うふうに微笑む。

「精霊たちが守ってくれてるって気づいたら、なんだか楽になったんです」

「なるほど……森の中ほど濃くなくても、世界には精霊たちが溢れているわ。みんながルイセ様に加護の力を与えてくれたり、疲れにくいように計らってくれているのでしょうね」

コテージにある精霊魔術の本は少しずつ読んでいるが、その中に、精霊の愛し子の特別な体質に関連する記述を見つけた。

精霊の愛し子が健《すこ》やかに過ごせるように、身の周りの精霊たちが自然と体調が整いやすい環境に整えてくれたり、睡眠時の疲れを取れやすくしてくれるそうだ。

昔のルイセ様が虚弱体質だったのは、精霊を受け入れる術《すべ》をまだ知らなかったからだろう。精霊を知らず、見える不思議なものにただ怯えるばかりだったルイセ様は、今は堂々と精霊に守られている。本当に、よかった。

そんな訳で私たちはアンジュー公爵家の宿にこそこそと匿《かくま》われながら、大広間に献上されるフラワースタンドに忍び込む計画をいよいよ実行する日が訪れた。

アンジュー公爵家の宿からフラワースタンドと共に城に出発する直前。

母が、こっそりと私たちに会いに来てくれた。

「他のアンジュー公爵家の者には一切ばれていません。このままうまくやりなさい」

厳しい顔をしながらも、母の言葉にはいたわりがにじんでいた。

「ありがとうございます、お母様」

母はルイセ様に目を向けると、膝をついて深く頭を下げた。

「難しいお立場上、父親として振る舞う事の叶わない方ですが、国王陛下は人徳の厚いお方です。良きご対面になります事を、謹んでお祈り申し上げます」

「ありがとうございます、アンジュー公爵夫人」

ルイセ様は、とても堂々としていて。その様子を、リオ様が満足げに見守っていた。

その後、私たちは花が飾り立てられたフラワースタンドが鎮座する部屋へと向かった。

ここからティラス王国の騎士がスタンドを検分して城に運び入れるのだ。

フラワースタンドはパーティの行われる前日から大広間に飾られる。今回私たちは前日入りしたフラワースタンドに入り、人払いした大広間でスタンドから飛び出し、そのまま隠し謁見室で会う手筈となっている。

フラワースタンドを見上げ、リオ様が言う。

「チェックは私の所属部隊の騎士が行ってくれる。父との密会後、すみやかにアンジュー公爵家に戻してくれる」

一旦言葉を切り、リオ様はルイセ様を見やる。

「……ルイセ。本当に大丈夫か？　故郷に帰ってきて、辛くはないか？」

リオ様の言葉に、隣に立っていたルイセ様は首を横に振る。

「大丈夫です。ぼくには応援してくれる人がたくさんいます。……父様を信じます。それに、うまくいかなかったとしても……ぼくは、一人ではありませんから」

凛々しく強く口にするルイセ様。けれど、すぐに表情の色が変わる。

緊張した、不安な面持ちで、ルイセ様は足下を見下ろしながら口にする。

「兄さま」

「どうした？」

「……父様が、なんと言われても……ぼくの事を、息子じゃ、ない……と、言っても……兄さまは、ぼくの事、変わらず弟として……」

最後まで言わせる前に、リオ様はルイセ様の脇に手を入れ高く抱え上げた。

「わっ……兄さま!?」

高く抱き上げ、リオ様は笑顔で告げる。

「結果がなんであれ、お前は私の大切な、かけがえのない、たった一人の末弟だ」

「兄さま……」

「愛しているよルイセ。不安になったらいつでも聞きなさい。答えは同じだから」

「……はい！」

ふにゃっと、屈託なくルイセ様はリオ様に微笑んだ。

「ぼくも愛してます、兄さま」

それは年相応の、兄を信頼しきった柔らかな笑顔だった。

私はそれを見て、既に涙がボロボロに出てしまったけれど、今はまだ泣くには早い。

顔をハンカチで拭って懐からラブボくんを取り出し、鏡として正しい用法で顔をチェックする。

目が真っ赤でかっこ悪いけれど、今日の主役はルイセ様だ。

鏡になって懐に収まったラブボくんが笑うようにくくく、と震える。

「ご主人、マジうけるし」

「大丈夫よ。泣いてたってなにかあれば、ルイセ様を全力でお守りするわ」

私の役目はただついて行くだけではない。

国王陛下に、ルイセ様がどんな状態なのか元宮廷魔術師というプロ目線から説明しなければならない。

「頑張れ頑張れご主人♡　俺は鏡だから、なんもできねえけど」

「いいのよ。ここにいてくれる事だけで十分お守りよ」

私はラブボくんを閉じて懐にしまって軽くぽんと叩くと、その流れで己の頬をパンと叩く。

リオ様とぐるぐると回っていたルイセ様は、すっかり肩の力が抜けた顔になっている。

「先生！　よろしくお願いします！」

「やるわよ！　ばっちり説明してみせるわ!!」

甲冑《かっちゅう》を着た足音が近づいてくる。

「来たな。騎士団の者たちだ。足音も協力者のものだ、間違いない」

私たちは顔を見合わせ合い頷くと、フラワースタンドに詰められる覚悟を決めた。

◇◇◇

リオ様と感動の再会をした騎士のみなさんは、男装のルイセ様に感極まった表情を浮かべた。

「殿下……ご立派になられて……！」

みなさんは、珍妙な闖入者《ちんにゅうしゃ》の私にも丁寧に挨拶をしてくれたが、リオ様とルイセ様が本当にフラワースタンドに潜入して国王陛下の元に向かうと聞いて、ものすごく変な顔になった。

「……本当にフラワースタンドに入るのですか？」

「両殿下が？　このご令嬢と皆で？」

「あのフラワースタンドに私とルイセ、そしてあちらにロゼマリア殿が入る予定だ」

「よろしくお願いします」

さらりと言ってのける両殿下に目を白黒させる騎士だったが、

「まあ……迷ってる暇はないですね」

「ですね」

納得した後、スピーディに私たちをフラワースタンドに押し込み、運んでくれた。

理解ある騎士の皆さんで良かった。

——だが、入ったはいいものの。

フラワースタンドの中に入って輸送されるのはなかなかハードだった。

むせかえるような生花の匂いと、運ばれるふわふわとした変な感覚と、狭苦しい息苦しさ。

ルイセ様はリオ様と一緒にフラワースタンドに入っている。

私のものよりも大きな、メインのスタンドだ。

精霊の愛し子だから、きっとこんな状況でも大丈夫だろう。精霊魚のおじいさまも耳にいるし。

フラワースタンドに入って長い時間を経て、ついに私たちは一定の場所に設置された。

「それでは両殿下、ロゼマリア嬢、ご武運を」

騎士たちはビシッと敬礼をすると、私たちの密会中の見張りをするために散ってくれた。

「時間は限られている。急ぐぞ」

「はい、兄さま！」

「ええ！」

私たちは花の匂いを漂わせながら、小走りのリオ様を先頭に二番手ルイセ様、そして最後に私の順番で大広間を突っ切り、その奥の女神像の裏にある隠し通路に入った。

その中は隠し通路とは思えないほど綺麗で、年月を経たベルベットのソファと壁を覆うカーテンが重厚な、不思議議な空間だった。

足音を吸い込むカーペットの上を一直線に走りながら、私たちは無言だった。

今更緊張してくるのを感じる。ついに、ルイセ様はお父様——国王陛下にお会いするのだ。

先を行くルイセ様の足取りは、力強い。長い三つ編みがしなやかに左右に揺れるのを見ながら、私は最初に出会ったときに追いかけた後ろ姿を思い出していた。

あのときはまだ女装姿で、自分がまだ何者かわからない、不安な子どもだった。

けれど今は。なんて強い足取りなのだろう。頼もしい、背中なのだろう。

じわっと目元にこみ上げてくるものを、手の甲で拭う。泣くには早い。

ついに突き当たりの扉にたどり着く。

両開きの扉を前に、リオ様がこちらを振り返る。ルイセ様は力強く頷いた。

「お願いします」

開いた先。そこは隠し通路と同じ重厚なベルベット製の調度で整えられた執務室だった。

マホガニーの執務机の向こう、窓の外を見る一人の男性の姿がある。

私たちは辞儀をする。代表して口を開いたのはリオ様だ。

「国王陛下。第二王子リオヴァルド・ティラス、第四王子ルイセージュ・ティラス。隣国アンジュー公爵家のご息女、ロゼマリア・アンジュー公爵令嬢をお連れして参上いたしました」

「第四王子、ルイセージュです。国王陛下」

ルイセ様の声が震えている。私は心の中で彼を激励しながら、一層深く膝を曲げた。

「お初にお目にかかります。ロゼマリア・アンジューでございます」

「……顔を上げよ。今日は堅苦しい話をする時間もないだろう」

私たちの目に飛び込んだのは、撫でつけた白髪交じりの黒髪をした五十歳ほどの男性。

私は目が覚めるような思いがした――彼は、とてもよくリオ様に似ていた。

国王陛下は私にまず目を向けた。澄んだ灰色の瞳だった。

「噂には聞いている。サイレンシア国王の後妻候補として選ばれた事もある才媛とな。……わしの息子たちが世話になっている」

「滅相もありません。恐れ多いお言葉にございます」

続いて、国王陛下はリオ様を見つめた。

「リオヴァルド。……多くはあえて言わぬ。だがお前の判断を、わしは信じている」

「ありがたき幸せでございます」

「ルイセージュを頼む」

「……はい」

押し殺したような声で返事をして、リオ様が深く頭を下げる。

そして最後に、国王陛下はルイセ様を見た。

一歩、二歩と近づき、ルイセ様の前に立つ。

ルイセ様がびくっと震える。

緊張してひたすら頭を下げるルイセ様に、国王陛下はひざまずいた。

ルイセ様が目を大きく見開く。

視線の高さを合わせ、国王陛下はルイセ様の頬に触れた。

「……ずっとさみしい思いをさせて、すまなかった。立派になったな」

――後悔。謝罪。そして会えた事への嬉しさ、愛しさ。

威厳ある声音の中に隠しきれない感情が、国王陛下の声から溢れている。

ルイセ様が驚きのあまりなにも言えないでいる。

「そなたが生まれた時、元老院《げんろういん》は政治の災いになるとして、そなたを死産として亡きものとしようとした。しかし愛する妻の最期の忘れ形見であるそなたを……わしは失いたくなかった。そなたを守ったつもりだったが、裏目に出てしまった……すまなかった」

国王という存在は、絶対である。

息子相手だとしても、謝罪も、あろう事か膝をついて顔を見て話しかけるなどできない。この国のような貴族の権威が強い国の国王ならば尚更できない事だ。

私もリオ様も見下ろす訳にはいかないので、すぐに膝を折って膝立ちになっている。

大人たちが膝立ちになっているなか、ルイセ様は涙を堪えていた。

唇を噛みしめ、父をじっと見つめていた。

泣いている姿を見せたくないのだ。立派な第四王子としての姿を、父に見せたいのだ。

口を開けば泣き出してしまいそうな弟の代わりに、リオ様がルイセ様の背中を撫でて言う。

「ルイセの代わりに申し上げてもよろしいでしょうか？」

国王の許可を得たのち、リオ様は言葉を続けた。

「弟が成長できたのは、国王陛下あっての事です。己が精霊の愛し子であり、同時にまごうことなき両陛下の子だと知ってから、見違えるように自信が出て、前向きになりました。国王陛下の息子として立派な姿を見せたいと、日々努力と挑戦を重ねて今日に至ります。……私は、ルイセージュが弟で心から誇らしいです」

「そうか」

国王陛下は、涼やかな目を細めてルイセ様の頭を撫でた。

「あまり知られていないが、妻の故郷は精霊魔術師の秘境伝説がある。わしも調査班を行かせていたが、どうやらそなたが自ら真実を摑み取ったようだな」

「そう……だったのですね」

「ルイセージュ。いずれそなたも母の故郷へと行くと良い。良き学びを得られるだろう」

ルイセ様は言葉を詰まらせ、はい、と小さく頷いた。

国王陛下は立ち上がると、私に手を差し伸べて立ち上がらせる。

そのまま強い握手を交わす。力強い、大きな手だった。

「ルイセージュはどのようにすれば、よりよく生きられるだろうか？」

「恐れながら申し上げます。精霊の愛し子である第四王子殿下は、精霊の森で暮らす事によりめざましい回復を遂げました。目下の目標は森を出ても現在の体調を維持し続ける事、そして精霊魔術の習得と、私は考えています」

「そうか」

国王陛下は微笑んだ。

「ロゼマリア嬢はサイレンシア国王にも見初められた、隣国きっての宮廷魔術師ときく。……礼はする。ルイセとリオの専属魔術師顧問として今後も力を貸してくれるか」

「私でよろしければ、謹《つつし》んで務めさせていただきます」

「リオヴァルドもルイセージュも、雰囲気が和らいだ。魔術以外でも、そなたは良き関係を築いてくれているのだな」

「もったいないお言葉でございます。なにか気になる事がありましたら、こちらを」

私は国王陛下に、ビッグチャウチャウの毛で織った小さなお守り袋を手渡す。

その中には指先ほどに割ったラブボくんのかけらが入っていた。

指先でつまみ上げ、国王陛下が怪訝な顔をする。

「これは……？」

「遠隔で意思疎通する魔道具です。普段は他の方の目につかない場所に保管ください。なにかありましたら、こちらに話しかけていただきましたら伝わります」

私は自分のラブボくんを取り出し、見せながら説明した。

「古代魔道具……か。わかった。誰にも気づかれぬようにしよう」

「ありがとうございます。ではせっかくの貴重な時間ですので、何卒両殿下との憩いのひとときをお過ごしください」

「そうか、説明の時間を省いてくれたのだな」

国王は目を細めて頷き、応接テーブルを顎で示した。

「立ち話が続いてしまったな。……時間の許す限り、一緒に話そう。表ではめったに、このように話せる機会は取れないからな」

それから国王陛下は、ルイセ様とリオ様と楽しく時間を過ごした。

緊張する二人に国王陛下は質問を投げ、それに二人でぎこちなく答える。

ぎくしゃくとした様子は、お互いにもっと馴れ合いたいのに気恥ずかしいような、可愛らしい雰囲気だった。


――時間はあっという間に過ぎ。

別れ際、最後にリオ様とルイセ様は国王陛下とそれぞれ名残惜しそうに握手を交わした。

「息災でな、リオヴァルド」

「国王陛下も、お体お大事にお過ごしください」

リオ様に頷くと、国王陛下はルイセ様に向き直り、大きな手でしっかりと頭を撫でた。

「よく勉強しなさい。わしはそなたを信じている」

「……はい」

最後まで涙をなんとか堪え、ルイセ様は深く頭を下げた。

「ロゼマリア嬢」

そして国王陛下は、私を見た。眩しいものを見つめるように目を細め、手を差し出す。

握手を交わしながら、彼は私の目を見て続けた。

「そなたとも長い付き合いになる事を願っている。森での暮らしが終わったら一度会いに来なさい。この国で暮らす未来も……検討してくれたらと思う」

「こ、国王陛下」

なぜかリオ様が動揺した声を出す。

国王陛下はふふ、と初めて茶目っ気のある笑みを浮かべた。

「良いではないか。な？　ロゼマリア嬢」

「もったいないお言葉、ありがとうございます」

私は笑顔で辞儀をした。

リオ様とルイセ様との森の暮らしはしばらく続く。

その暮らしが終わった後、この国で魔術師の職に就ける事があれば嬉しいなと思った。

私はふと、前向きに未来を考えた事に気づく。

――そうだ。今までは、私は最悪の未来を回避する事を考えて生きてきた。

もちろん魔術師としてハッスルして、ハッピーを追求してきたけれど。

ロゼマリア・アンジューとして幸せになる未来を、考えた事はなかったのだ。

ティラス王国で暮らす未来。

眩しく成長したルイセ様を見守り、リオ様と笑い合う未来。それはとっても素敵なものだ。

こちらの国で宮廷魔術師になる方法を、調べておかなければ。

部屋を出るとき、最後に振り返ったルイセ様が国王陛下に言った。

「またお会いしましょう、……お父様！」

「ああ！　待っているよ」

屈託のない国王陛下の笑顔に、ルイセ様は泣きそうになり――すぐに笑顔になって、頭を下げて扉を閉めた。

「行こう、時間がギリギリだ」

リオ様がルイセ様を背負う。私は二人の後ろを追うように走る。

隠し通路を運ばれながら、ルイセ様は泣いているようだった。

リオ様の背中にひしとしがみついた小さな手が震えている。涙声が、狭い隠し通路に響く。

「よかったな」

「うん、うん……よかった……」

「これからも頑張ろうな。兄さんも、一緒にいるからな」

「うん。頑張る……ぼく、諦めない……生きる、よ、兄さま……」

私も泣いていた。走りながら、ぼろぼろと涙がこぼれるのを抑えられない。

ぽたぽたとデコルテに落ちる涙が伝って、懐に入れたラブボくんに涙が落ちる。

「……よかったっすね、ご主人」

返事ができず、私はただ、こくこくと頷いた。

これからまた精霊の森で、私たちは暮らしを続けていく。

偶然と不運と運命が重なって集まった私たちだけど、これからも、絶対楽しい未来が待っている。

だって、子どもが笑っている未来ほど幸せなものはないもの。

スノウ殿下とだって、また会いたいしね。

# エピローグ

Epilogue

「すっかり夏ですね、先生」

「ええ。朝の今の時間が一番気持ちいいわ」

「わふわふ」

大中小、好きなサイズでドスドス走りまわるビッグチャウチャウたち。

ビッグチャウチャウたちの朝のお散歩をしながら、私とルイセ様はとりとめのない話をした。ルイセ様は最近は自分で三つ編みができるようになった。長い銀髪にラフなシャツとパンツの出で立ちは、髪が長くても女の子にはもう見えない。凛々しさを感じる男の子だ。

「……ビッグチャウチャウ、暑くないのかな？」

「全部刈り取ってあげたほうがいいのかしら」

「きゅーん」

「あ、嫌みたい」

朝のビッグチャウチャウのお散歩から帰ると、朝食がテーブルに並んでいた。

焼きたてのパンに卵とベーコン。フルーツの盛り合わせに水分補給のお茶。

珍しいフルーツをみつけて、私はエプロンを外すリオ様に尋ねる。

「まあ、パイン？　……違うわね？」

「精霊パインというらしい。パインに似た味だが、口の中でぱちぱちとはじけて美味しい」

みんなで席について祈りを捧げ、元気に朝食をいただく。

フルーツの酸味でぱっちりと目が覚めて、運動した後の体にカリカリのベーコンと卵が良く染み渡る。パンは実は前夜、私がこねたものだ。最初は黒焦げの物質を作り出していたものの、最近は多少パンに見えるものができるようになって、朝ご飯に出してもらっている。

ルイセ様もリオ様も、新しい事に色々挑戦して成長しているのだから。

私も魔術師として研究しながら、もっと違う事も練習してみようと思ったのだ。

――まああいかわらず、しなっとしたパンが料理の限界な訳だけど。日進月歩よ！

「ご主人、国王っちがまた連絡してきたっすよー。息子たちは元気かとか、ご主人と話したいとか」

子犬のビッグチャウチャウをブラッシングしていたラブボくんが、ぼやくようにこちらに言ってくる。片耳を押さえて迷惑そうだ。

あの日置いてきたラブボくんのかけらに、国王陛下は定期的に連絡を入れてくる。

最初は威厳のある雰囲気だったのに、最近は趣味の話だとか、息子に嫌われてないか心配だとか、最近肩こりがひどいとか、そんな普通のおじさまっぽい話題が増えてきた。

「もっとおとなしーと思ってたのにー」

ぼやくラブボくんに、パンをかじりながら、リオ様が苦笑いする。

「母が没してから気を許して話せる相手がいなかったぶん、たがが外れているのだろう」

「父さま、こんなに構ってほしかったのならもっと連絡くれたらよかったのに」

感動の涙を流していたルイセ様さえ、最近はちょっと呆れ気味の様子だ。

「なかなか会えなくても、こうして話せるだけでもよかったわ。仲良し家族が大人の事情で仲良くできないなんて、さみしいもの」

「そうですね」

「また三人で話せる時間を取ろう。……ラブボ殿、父にその旨伝えておいてほしい」

「へーい」

くたびれた様子のラブボくんに、そういえばと私は尋ねる。

「隣国王陛下にはまだ、ラブボくんのその姿は見せていないのよね？」

「見せたらどっきりされるから見せれる訳ねえじゃん」

「そうよねー。でも窮屈じゃない？」

「へーきっすよ。だって俺、一応本当の姿は鏡だし？」

「そんなものなのね」

私たちは食事を済ませ、一日を始める。

外に出ると、トレントがごそごそとなにかを枝に挟んで持ってやってきた。

「これは……」

「手紙？　っすかね？」

開くと、それは王宮からの手紙だった。

「……スノウ殿下だわ！　みんなでさっそく手紙を読みましょう！」

「っすね！」

ラブボくんと一緒にソファに座ると、キッチンのリオ様が手を拭きながらやってくる。

「どんなお手紙でしょうね」

隣でルイセ様がくっついて座ってくるのが可愛い。

ソファの後ろにはリオ様がやってくる。ふわっと香るのはアップルパイの香りだろうか。

リオ様を振り返って微笑んで、私は手紙の封を切る。

「さて、何が書いてあるのかしら」

そして私は可愛い王女殿下が、幸せになっているかどうかを手紙で確かめた。


――悪い継母になる悪夢を回避した私は。

逆追放先の森で、楽しく元気に暮らしている。

賑やかで幸せな未来が、ずっと続く事を祈りながら。

# 番外編 スノウの第一歩

Extra Edition

こそこそと、スノウは森にやってきた。ロゼマリアとは謝罪と和解をしているものの、一度大きな揉め事を起こした側としては、スノウはロゼマリアと会うのはちょっと気まずい。

「……やっぱり帰ろうかしら……」

木々の間から差し込む陽光が、彼女の黒髪を輝かせている。従者を森の入り口に残し、スノウは周囲を見回しながら森へと入る。突如、明るい声が飛び込んできた。ロゼマリアの声だ。

「こんにちは！　ようこそ！」

「き、来てやったわよ……って、きゃあああっ!?　な、なによそれ!?」

スノウの目の前には、巨大な茶色い毛玉のような生き物が鎮座していた。

大きさは人間の二倍以上もある、まるで動く山のような——犬だ。

ロゼマリアは犬の上に埋もれるように乗っていた。

「なにそれって言われても」

「可愛いビッグチャウチャウっすよ」

ロゼマリアの隣からぴょこっと跳びだして答えたのは派手な男だ。ラブボなる名の精霊らしい。

「ビッグにもほどがあるわよ！」

「ビッグチャウチャウっすからねえー」

「わふわふ」

「あっスノウ殿下！　よかったですね、ビッグチャウチャウ大歓迎してますよ！」

「だ、大歓迎って……!!」

そのままスノウはビッグチャウチャウに甘噛みされ、わっふわっふと森の中に運ばれていった。

「い～～～やあああ～～!!」

◇◇◇

「まったく、酷い目に遭ったわ」

「まあまあ、これも森の醍醐味ということで」

スノウが連れてこられたのは、森の中の小さな湖畔だった。隣国王子二名——リオヴァルドとルイセージュの二人と、ラブボくんなる精霊と、ロゼマリア。ビッグチャウチャウたち。

敷物を敷いた上で、スノウはそんな面々とランチを食べることになった。

「スノウ殿下は何をご所望ですか？　あっりんごのジャムはないので安心してください！」

「気にしなくていいわよ、もう！　あ、あんたが美味しいって思うものをちょうだい」

「それならこの魔物肉の甘酢タレサンドがおすすめです！　どうぞ！」

「まって、その魔物肉って何よ」

「……何かの、肉……よね？」

ロゼマリアがリオヴァルドを見る。リオヴァルドはお茶を用意しながら「何かの肉だな」と頷く。

「そ、そんな訳分からないまま食べてるの⁉」

「美味いですしね。それに栄養をつけられるならわがままを言っていられません」

と言うのはリオヴァルド。

「ちゃんと食べていい肉だと確認してます。僕は体質柄食べたことありませんが」

こう言ったのはルイセージュ。

じっと見られると、なんとなくいらないと突っぱねにくい。スノウは覚悟を決めた。

「っ……い、いただきます！」

パクッとおもいきって食べてみたスノウは、思わず目を見開く。

「おいしい……！　な、なんで？　冷えてるのに柔らかくて、あまーい……」

スノウの様子にニコニコした森の住人たちは、早速自分たちも食事を始めたのだった。

◇◇◇

驚くほどごく自然に、ランチタイムは終わった。

ロゼマリアは王子二人と共に、ビッグチャウチャウと一緒にはしゃいでいる。

一応は第二王子ルイセージュの相手をしてあげているということなのだろうが、どうみてもロゼマリアも全力で楽しんでいる。そんな大人げないロゼマリアとルイセージュを、リオヴァルドは楽しそうに見守っているようだった。

「……なんでそんなに普通なのよ」

スノウが小声でつぶやく。最初の緊張は、今はすっかりほぐれている。

スノウはそれでもロゼマリアとどう話せばいいのかわからず、戸惑いを感じていた。

その時。誰かがスノウに近づいてきた。鏡の精霊のラブボだ。

「姫っちも遊ばなくていいの？」

「……私の事はほうっておいてよ」

「えー」

「えーって何よ」

ラブボはへらへらと笑うばかりだ。何故か彼の態度に、城で聞こえる声を思い出した。

雰囲気はまったく似ていないのに。あの声も、精霊なのだろうか。

「精霊ってみんな、人に構いたがりなの？」

「そうっすよ！　精霊に興味あるっすか？」

「……べ、べつにあんたに興味あるわけじゃないんだから」

スノウは顔を逸らし、改めてぽつりと呟いた。

「……姿の見えない精霊って、いるの？　声だけしか聞こえない精霊……」

「お城にそういうのがいるんすか？」

「た、たとえばなしよ！　どうなのよ！」

「いるとは思うっすけど、どんな奴かは会ってみねえとわかんねえっすね」

「ねえ。……精霊って。なぜ、人間に構うの？」

「精霊によると思うっすけどね、俺は人間といると楽しいからっすよ」

スノウは肩をすくめ、ロゼマリアを眺めた。

「あんたの場合、あの人が面白いだけなんじゃないの？」

「そうっすか？　俺からしちゃあ、姫っちも面白いっすけど」

「……意味わかんない」

「これから困ったら、あの人に頼るといいっすよ。いいお姉さんしてくれるっすよ」

思わずラブボを見た。ラブボは、意外なほどまっすぐな眼差しでロゼマリアを見つめていた。

「姫っちも立場上、頼れる人もなかなかいないだろうけど、ご主人ならいい相談相手になるっすよ」

「で、でも……迷惑かけた私がいまさら」

「気にしてないない！　あの人がそんな細けーこと気にするような人なら、そもそもこんな人生送ってねーっすよ。仲良くしたいと思うなら、いつだって仲良くできるっすよ。ご主人なら」

「……か、考えておくわ」

スノウはぷいっと顔を背けた。急に恥ずかしくなったのだ。

――ここにノコノコと来たのだって、もっとロゼマリアと近づきたかったからで。

「おーい！　ごしゅじーん！」

突然、ラブボが大声で叫んだ。

「姫っちも一緒に遊びたいらしいっすよー！」

「えっ⁉」

「きてきて！　四人いたら二対二でビッグチャウチャウ毛玉バレーができるわ！」

「な、なによそれ⁉」

戸惑いながらも、スノウは立ち上がった。

心臓が高鳴る。これまで経験したことのない、何か新しいものが始まる予感がした。

まずは一歩、自分の意志で、ロゼマリアに向かって踏み出した。

# あとがき

まえばる蒔乃です。このたびは『逆追放』をお手に取っていただき、ありがとうございます。

この作品は「子どもが出てくる、元気で明るい話を書こう！」がテーマでした。

「継母ものを書きたい……継母と言えば白雪姫！」

「白雪姫と言えば……鏡！」

「鏡と言えば……折りたたみの派手なピンク×黒の豹柄の鏡!!」

「よし！　平成ギャル男な鏡と白雪姫の継母が、白雪姫に追放されて森で楽しく暮らす話にしよう！」

とまあ、こんな感じです。着想したときの私、思考回路どうした？　悩みあった？　話きこか？

ロゼマリアは私の作品で一番元気なヒロインです。全ての困難を力業でぶっとばす！　感情が素直で豊かなので、一番涙もろい子でもあります。好きになっていただけると嬉しいです。

執筆中は色々と作業に難航し、担当編集様に毎日のように相談と泣き言を繰り返して、無事に形にすることができました。担当編集様がいらっしゃらなければできなかった作品です。

おかげさまで表紙もロゴも挿絵もとっても可愛い、素敵な本ができあがりました！

お忙しい中本当にありがとうございました。この場を借りて感謝を申し上げます。

最後に短いながら謝辞を。素敵なキャラデザインと挿画をいただきましたくろでこ先生、担当編集の皆様、集英社様、出版・販売に関わる全てのみなさまに、心よりの謝辞を申し上げます。いつもお世話になっている作家仲間の先生方、私の家族や友人へも、感謝を申し上げます。

ご感想や応援メッセージなどございましたら、ふるって集英社様に届けていただきましたら幸いです。

それでは、またお会いできますように！　お読みいただき、ありがとうございました。

二〇二四年　まえばる蒔乃

# ダッシュエックスノベルfの既刊

Dash X Novel F 's Previous Publication

『推し魔王様のバッドエンドを回避するために、本人を買うことにした。』

早瀬黒絵

イラスト／鈴ノ助

**「あなたは今日からわたくしのものよ」**

公爵令嬢のヴィヴィアンは思い出した。自分は、前世でプレイしていた乙女ゲーム『クローデット』の、ヒロインを虐める悪役令嬢であることを。そして、この世界にはゲームの一周目で死んでしまう“推し”の攻略対象、隠しキャラの魔王様がいることを…。推し魔王様が辿る運命に悲嘆するヴィヴィアンだったが、彼のバッドエンド回避を決意！奴隷にされていた魔王様を購入し、大事に世話をしていく中で、彼は失っていた記憶を取り戻した。侍従となった推しとの愛を深めていくヴィヴィアン。しかし、王太子の婚約者になるよう、王家からしつこく申し出があり——!?「そなたが望むなら、我の全てを与えよう」半吸血鬼の悪役令嬢が推し魔王様を救う、艶美な異世界ラブファンタジー、開幕!!

# ダッシュエックスノベルfの既刊

Dノベルf

Dash X Novel F 's Previous Publication

## 『わたくしの婚約者様はみんなの王子様なので、独り占め厳禁とのことです 2』

雪菜

イラスト／whimhalooo

**天然悪女と絶対的紳士の、甘美な学園ストーリー、白熱の第2弾!!**

可憐な公爵令嬢のレティシアは、美術室での一件以来、婚約者・ウィリアムの前でドギマギしてしまう日々を過ごしていた。ウィリアムを会長とする生徒会役員の選出が迫る中、性悪なレティシアよりも、温和な侯爵令嬢・リリエルの方が役員に相応しいという声が大きくなってしまう。大好きなウィリアムの負担になることを恐れ、指名の辞退を考えるレティシア。そんなある夜、リリエルの本性を知ってしまい……!?「――悪辣さでは、わたくしも負けていないのですよ?」裏の悪女・リリエルとの、生徒会役員の座をかけた即興詩作対決が始まる――！

Dノベルf

# 逆追放された継母のその後
## ～白雪姫に追い出されましたが、おっきな精霊と王子様、おいしい暮らしは賑やかです！～　in 森

まえばる蒔乃

2024年12月10日　第1刷発行

★定価はカバーに表示してあります

発行者　瓶子吉久
発行所　株式会社　集英社
〒101－8050　東京都千代田区一ツ橋2－5－10
03(3230)6229(編集)
03(3230)6393(販売／書店専用)　03(3230)6080(読者係)
印刷所　株式会社美松堂／中央精版印刷株式会社(編集部組版)
編集協力　株式会社シュガーフォックス



ISBN978-4-08-632034-4　C0093


作品のご感想、ファンレターをお待ちしております。

あて先

〒101－8050　東京都千代田区一ツ橋2－5－10
集英社ダッシュエックスノベルf編集部　気付
まえばる蒔乃先生／くろでこ先生